斯薇塔‧多羅謝娃／著　鄔定嘉／審譯　承影、鄭琦諭／譯

來自精靈世界的
人類
奇幻百科

國家圖書館出版品預行編目(CIP)資料

來自精靈世界的人類奇幻百科 / 斯薇塔.多羅謝娃(Sveta Dorosheva)著；鄔定嘉審譯；承影.鄭琦諭譯.-- 初版.-- 臺北市：漫遊者文化出版：大雁文化發行, 2019.11
216面；21x24公分
ISBN 978-986-489-352-2(精裝)

880.6   108009935

來自精靈世界的人類奇幻百科

Книга, найденная в кувшинке

作　　者　斯薇塔‧多羅謝娃（Sveta Dorosheva）
審　　譯　鄔定嘉
譯　　者　承　影‧鄭琦瑜‧邱喜麗（P.93, 142-143, 160，譯自英文）
文字修潤　許景理
封面設計　莊謹銘
版面構成　劉靜薏
行銷企劃　林芳如
行銷統籌　駱漢琦
業務發行　邱紹溢
業務統籌　郭其彬
責任編輯　劉淑蘭
副總編輯　何維民
總 編 輯　李亞南

發 行 人　蘇拾平
出　　版　漫遊者文化事業股份有限公司
地　　址　台北市松山區復興北路三三一號四樓
電　　話　(02)2715-2022
傳　　真　(02)2715-2021
讀者服務信箱　service@azothbooks.com
漫遊者臉書　http://www.facebook.com/azothbooks.read
漫遊者官網　http://www.azothbooks.com
劃撥帳號　50022001
戶　　名　漫遊者文化事業股份有限公司

發　　行　大雁文化事業股份有限公司
地　　址　台北市松山區復興北路三三三號十一樓之四

初版一刷　2019年11月
定　　價　台幣1200元
ISBN 978-986-489-352-2

От издателя

出版者的話

這本書是放在火柴盒裡寄來的，裡頭夾著一張紙條，上面寫著：

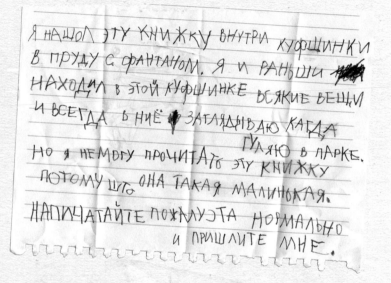

我在噴泉池塘的一朵睡蓮花裡發現了這本書，從前我也在這朵睡蓮裡發現各種東西。所以，每當我來公園散步時都會去看看。但我無法完整地讀完這本書，因為它實在是太小了。所以，希望您能將它按照書的正常比例印刷出來後再寄給我。

很可惜，寄件人並沒有附上回信地址。這本書真的是太小了，如果我們用實際尺寸來出版，讀者可能很難在書店的書架上發現它，甚至無意中會把它跟灰塵一起揮落，因為它只有一片指甲那麼小。我們不得不在顯微鏡下才能閱讀這本書，並且重新拼湊一些難以辨認的地方，其他地方則保留了原貌。

這是一本關於人類的書，由來自閃閃發光的「瑪爾王國」的小矮人、仙女、小精靈和其他魔幻生物所撰寫。這個瑪爾王國的居民並不相信人類的存在，但偶爾還是有一些精靈以各種神奇的方式落入人類世界，這些意外的旅行者就成了本書作者。書中收錄了他們對人類生活的各種觀察和描述，其中有許多不精確、荒謬、直白甚至是荒唐可笑之處。當然，內容本身的不完整與不合邏輯，皆肇因於這些不尋常的作者僅僅描述了恰好發生在他們眼前的事物，或者是他們感興趣的東西。

儘管如此，我們還是保留了這些文字的原貌。本書充滿了精靈族對人類本質的迷惘與不解，最珍貴的並不是內容有多可信，而是他們對我們司空見慣的東西所抱持的驚奇目光。

содержание:

目錄

克哈夫特
求知欲旺盛的小矮人

智者，占夢者，樂於享受探索哲學之謎，
馴養烏鶇鳥，榮譽醫生，月光下的第72號舞者，
同時也是本書作者。

Почему я написал эту книгу?

我為什麼要寫這本書？

寫這本書不是為了追求科學性或可信度。

我只是希望我的著作對遇到類似麻煩的小矮人、仙女和小精靈有所助益。我早就不再相信媽媽的話了——像是「你要是不乖乖睡覺，人類就會來把你抱走！」之類聳人聽聞的言論——而認為人類世界只是無聊的想像。不過，我也像所有小矮人一樣，非常喜歡聽那些被人類偷偷抱走並帶到「石頭花國度」的仙女和小精靈的故事。

但我對這些故事的想法在多年前有了改變。當時，我吃完飯，入迷地看著藍色蜻蜓在睡蓮葉上玩耍，不知不覺打起了瞌睡。醒來後卻發現置身於一個奇怪的世界，為了描繪這個世界，我決定寫下這本書。

回來之後，我花了許多年在瑪爾王國的閃光大地上飄泊，搜集其他人類世界旅行者的故事。我記錄他們講述的任何事、思考多年的結論，或者曇花一現的想法、觀察或插曲——所有可以闡明人類本質的一切蛛絲馬跡；還收集了一些插圖、筆記、信件，好幫助其他精靈理解並具體想像出那個光怪陸離的世界。我知道，我們這裡的精靈對於我到過人類世界這件事有好多種說法，比如說這一切都是我做的夢、我的幻覺，因為皮克西妖精把會令人變得糊塗的毒蘑菇放進我的煙斗！或者說，我收集的所有資料都是像我一樣失落和瘋狂的幻想家的夢話，因為我們平凡的世界缺乏奇蹟！

我明白這是對我的挖苦，因為我原本也是這樣的。再者，關於人類生活的故事是那樣地稀奇古怪，以至於平凡的小精靈或仙女都很難相信如此荒謬、不可思議又不尋常的世界真的存在。

我有許多證據可以證明人類是真實存在的，但這些證據實在太過於顯而易見，以致於總是被忽略，就像那些關於草莓箭毒蛙邪教，或者誰密謀用玫瑰與刺來裝飾螢火蟲的新聞，大家總是當成耳邊風聽聽就過去了。

很不幸——但又或許是幸運的——前往人類世界的通道並非總是開啟的，不然馬上就能讓那些目光短淺、吹毛求疵的精靈信服，而他們至今還認為人類只是古老傳說中的故事人物而已。

每個「幸運兒」落入石頭花國度的方式各不相同。當時，一邊看著蜻蜓姑娘玩耍而進入夢鄉的我，在醒來後就直接回家，卻突然發現面前那道門並不是我家大門。我把門稍微打開，沒看見家裡那道貼有蝴蝶翅膀的牆，也沒找到用烏鴉蛋做成的傢俱，更沒看到我心愛的書櫃：裡面有我珍藏的貝殼，以

及水精靈溫蒂娜的音樂錄音。一切正好相反，我來到了一個巨大的空間，裡面有一大堆莫名其妙的東西。後來我才知道，這個地方叫做「公寓」。

我在人類世界度過了三個人類年，並發現了一件令人吃驚的事：我們的世界完全不在愛開玩笑的格雷姆普神的鈴鐺裡——這個鈴鐺據說是他用心愛的索福尼茲巴女神的鈕扣換來的。是的，我們整個瑪爾王國的閃光大地、空中寶塔與蛛網城堡，全都只存在於一個四歲小男孩的小拇指和無名指之間，而這個小男孩就住在這間公寓裡！

我們最廣袤的國土居然散落在人類一些微不足道的物品之間。「小精靈王國」就在牆上的釘孔裡，用一幅畫覆蓋著；陰鬱的「樹洞精靈王國」在一個抽屜裡；而那個五光十色的「魔法書王國」則是在珍珠耳環裡。

就像我之前說過的一樣，我們的時間和人類的不同。我們的一瞬間對人類來說是許多年。在我們的世界裡，蒲公英的一片絨毛飛翔片刻的工夫，人類世界就可能更迭了幾代和幾個世紀，連地形都改變了。《夢境之書》中提到，我們這裡一千年發生一次的地震，肇因於格雷姆普在夢裡哈哈大笑，因為他夢見索福尼茲巴女神跳烏龜扭扭舞的樣子。請原諒我褻瀆神靈，但事實並非如此。這一切只因為……換了一批孩子。

事情是這樣的，人類的小孩一長大，就不再相信童話、魔法、仙女和小精靈了，換句話說，就是不再相信我們。某天清晨，當孩子一覺醒來變成聰明的成年人時，我們的星球就變得黯淡、大地不斷搖動，直到由孩子呼出的氣息編織而成的飛龍，把我們的瑪爾王國帶到另一個孩子身邊為止。

Часть 1

ЧЕЛОВЕК

第1章 人類

膽小的坦傑爾博布斯

六卷《擦傷咒語》作者，
紫紅色蒼頭燕雀秘密的守護者，
鵪鶉蛋殼音樂盒工匠。

由上到下的書名分別為：
《擦傷咒語》
《里弗爾》
《怪奇擦傷劇院》
《擦傷頌》
《擦傷占卜》

О внутреннем устройстве человека

論人體內部的結構

膽小坦傑爾博布斯的文章

人類的構造非常非常複雜。這構造雖然複雜精巧，但顯然所有到過人類世界的目擊者並沒有統一的說法。在闡述我認為更有價值的理論之前，我想先針對一些理論進行說明。

一些浪漫小精靈喜歡說：人類小女孩是由糖果、餡餅，和各式各樣的（而且是萬能的）甜品製成；男孩子則是用刺、小貝殼和綠色青蛙做成的。在真正到過人類世界的夥伴們看來，這種說法頗具爭議。

這個人類巫師和薩滿郎中（用他們的話來說叫做「醫生」）所遵循的理論呢，根本就禁不起任何檢驗，因為實在是太荒謬了！按照他們的理解，人類是由一大堆骨骼、肌肉（小老鼠[1]）和血管組合而成的。真是一派胡言！難道那些易碎的雙耳罐和玻璃瓶撐得起屋頂嗎？人的身體內部又怎麼會弄出一座房子呢？[2]

他們還強調，人體是由大量的內部器官所組成：小橡實（小的橡實[3] ）、餅肝[4]、疲臟（小淚珠[5] ）、胖貓和瘦貓[6]、嫩芽（不明樹種[7] ）、輕的（輕的什麼呀？[8] ）、鐵線[9]，以及其他亂七八糟的東西。

人的頭腦裡好像有一個神秘莫測的野獸叫做視丘河馬[10]，還有垂體河馬（這也是河馬，不過是另外一種）、大佬[11]（「牙齒尖利的危險小啃樹皮怪」的縮寫）、佬殼[12]（看來就那隻怪獸要啃的樹）和一些灰色的東西[13]──關於這種東西，連學識最淵博的薩滿也說不出什麼名堂。

[譯注]

1 在俄語中，「肌肉」（мышца）與「老鼠」（мышь）的拼法相似，因為精靈不懂人類語言而會錯意，也是作者斯薇塔．多羅謝娃所精心設計的文字遊戲，譯注2至12皆起因於此。

2 「血管」由三個詞組成──「血」、「承受的」和「器皿」。「血」（кровь）與「屋頂」（кровля）相似，文中故意拼錯以表示精靈誤解。

3 「胃」（желудок）與「橡實」（жёлудь）的指小詞〔編注：俄文文法用詞，意指在說話者眼中看來是形體小的或表示親暱喜愛之意〕相似，文中故意拼錯。

4 「肝臟」（печень）與「餅乾」（печенье）的拼法相似。

5 「脾臟」（селезёнка）與「淚珠」（слёзка）的拼法相似。

6 「皮膚」（кожка）與「貓」（кошка）的拼法相似。

7 俄文中，腎（почки）與「樹芽」（почка）為同一詞，只有單複數的差別。

8 「肺」（лёгкие）的俄文為多義詞，與形容詞「輕的」（лёгкий）同形。

9 作者以「鐵」（железо）的第二格（所有格）表示「腺體」（железа），故譯為「鐵線」。

10 原文為作者的自創詞，結合Hippopotamus（河馬）和Hipothalamus（下視丘）兩個詞。

11 依據俄文發音規則，將詞語結尾的有聲字母讀音無聲化。因此，文中的「大腦」（мозг）讀成 мозк，故譯為「大佬」。

12 俄文中「殼」（кора）的另一個詞意為「樹皮」。

13 俄文即為「大腦灰質」，另一詞意為「灰色物質」，同為精靈的誤解。

大佬

垂體河馬

視丘河馬

為什麼身體會需要小橡實、小淚珠、胖貓和瘦貓、河馬、不明樹種的嫩芽、鐵線、某些輕的灰色東西呢？這一大堆莫名其妙的物品和野獸，又怎麼能富有生命力呢？我沒日沒夜地在自己的實驗室裡進行實驗，試圖用這些稀奇古怪的成分組出一個再平庸不過的人造小矮人*。至於像人類這樣構造精巧的生物，我想都別想了，我的實驗沒有一次成功。但是，「魔法書王國」的小酒館裡居然推出了名為「智人」的沙拉新菜色，直到今天，這道菜餚仍深受巨怪、食人怪（ogre）和各色毛怪的喜愛。

　　我本人傾向於相信人類自己的說法和描述，並將在下一頁為各位介紹。

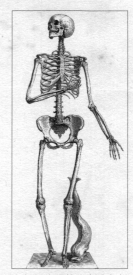

人類相信他們的身體內部
有這樣的物質，而且多數人
都懼怕這種物質。

*我們這些受過教育的人類學家認為，以人工方式製出來的人，也可以叫做「人類」。

貼出幾張人類薩滿關於人體結構的報告，其中兩張圖
出自我在夢裡讀過的書。第一張畫的是人體內部，第
二張是「屋頂支撐系統」，帶有支撐屋頂的容器。
但容器在哪裡？房子又在哪兒？
我百思不得其解！

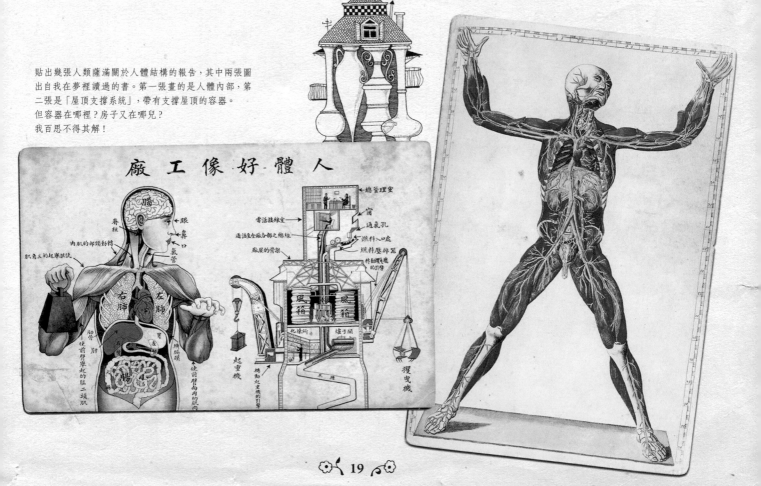

人 體 好 像 工 廠

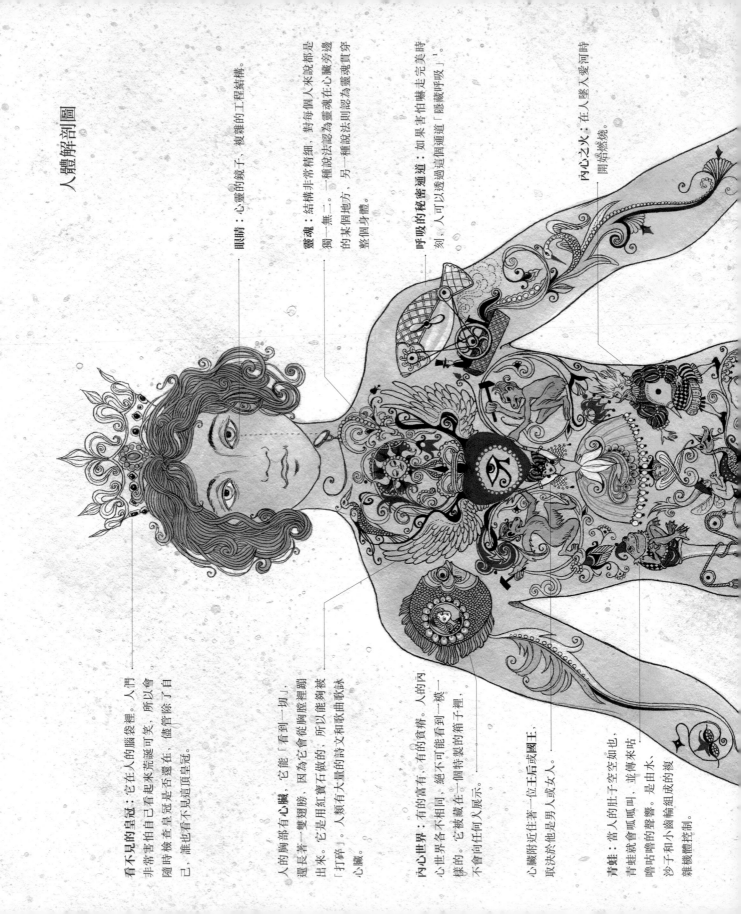

人體解剖圖

眼睛：心靈的鏡子，複雜的工程結構。

靈魂：結構非常精細，對每個人來說都是獨一無二。一種說法認為靈魂在心臟旁邊的某個地方，另一種說法則認為靈魂貫穿整個身體。

呼吸的秘密通道：如果害怕嚇走完美時刻，人可以透過這個通道「隱藏呼吸」[1]。

內心之火：在人墜入愛河時開始燃燒。

看不見的皇冠：它在人的腦袋裡。人們非常害怕自己看起來荒誕可笑，所以會隨時檢查皇冠是否還在，儘管除了自己，誰也看不見這頂皇冠。

人的胸部有心臟，它能「看到」一切。還長著一雙翅膀，因為它會從胸膛裡跳出來。它是用紅寶石做的，所以能夠被「打碎」。人類有大量的詩文和歌曲歌詠心臟。

內心世界：有的富有，有的貧窮。人的內心世界各不相同，絕不可能看到一模一樣的。它被藏在一個特製的箱子裡，不會向任何人展示。

心臟附近住著一位王后或國王，取決於他是男人或女人。

青蛙：當人的肚子空空如也，青蛙就會呱呱叫，並傳來咕嚕咕嚕的聲響。是由水、沙子和小齒輪組成的複雜機體控制。

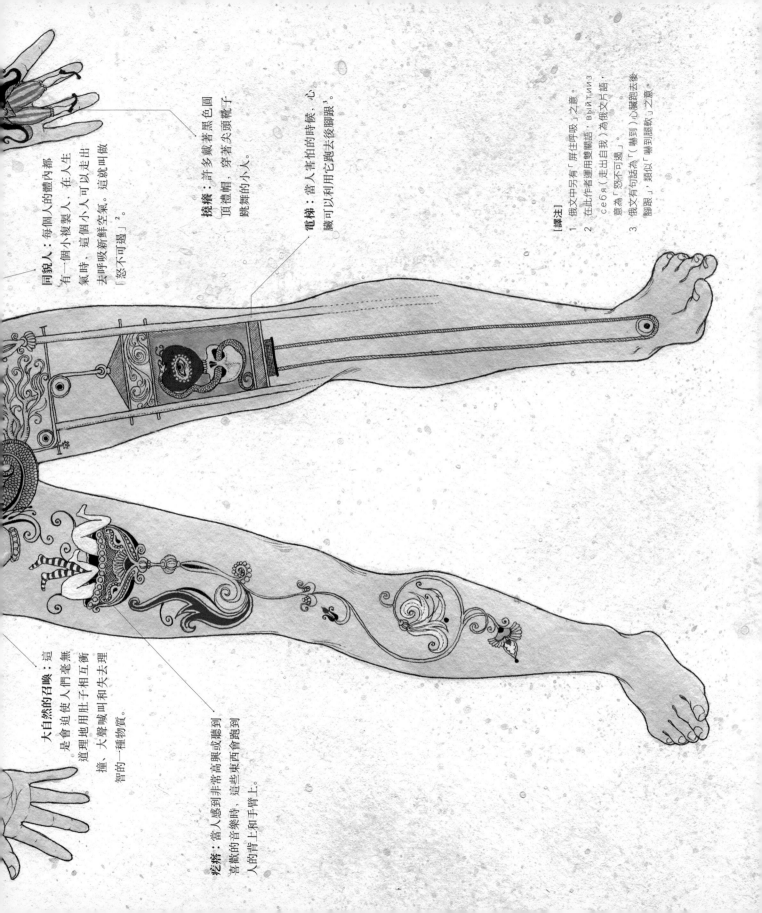

同貌人：每個人的體內都有一個小複製人，在人生氣時，這個小人可以走出去呼吸新鮮空氣。這就叫做「怒不可遏」²。

撓癢：許多戴著黑色圓頂禮帽，穿著尖頭靴子跳舞的小人。

電梯：當人害怕的時候，心臟可以利用它跑去後腳跟³。

大自然的召喚：這是會迫使人們毫無道理地用肚子相互衝撞、大聲喊叫和失去理智的一種物質。

疙瘩：當人感到非常高興或聽到喜歡的音樂時，這些東西會跑到人的背上和手背上。

[譯注]
1 俄文中另有「屏住呼吸」之意。
2 在此作者運用雙關語：выйти из себя（走出自我）為俄文片語，意為「怒不可遏」。
3 俄文有句話為「（嚇到）心臟跑到腳去後腳跟」，類似「嚇到腿腳軟」之意。

人體解剖圖

人體解剖圖中最有意思的部分是腦袋。人們發明「大佬」是為了簡化真理：每個人的腦袋內部都很獨特，不會和別人的一樣。
腦袋裡藏有這個具體存在人類所生活的世界。因此，所有人都生活在不同世界裡，只不過假裝生活在同一個世界。

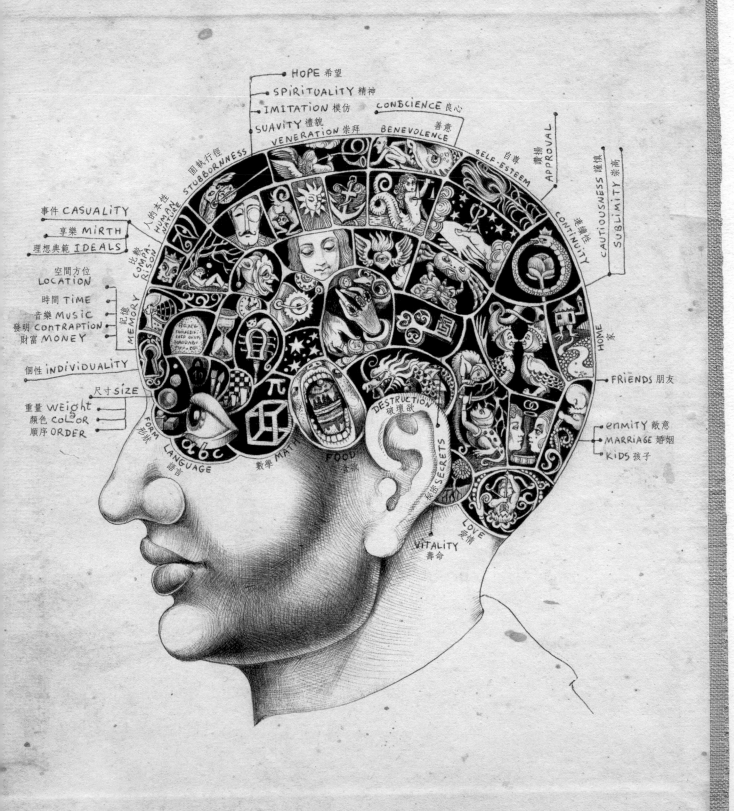

仙女列奧塔·克莉斯碧絲

古怪宴會的典禮主持人，春天寶藏樹洞的鑰匙守護者，
博得「花蕾揭啟者」爵位。

盛裝打扮的仙女K.和T，
身著青少女服裝

Виды людей

人類的模樣

仙女列奧塔・克莉斯碧絲在大德穆哈爾廳舉辦的化裝舞會「人間」上發表的演講

邀請函

仙女、小矮人、山妖、小精靈、愛惡作劇的皮克西妖精、巨人、淘氣小妖精，全體請注意！今天夜裡將舉辦化裝舞會——「人間」，歡迎大家來到「知了合唱草地」。請帶著蒲公英酒，並打扮成程式設計師、女人、中學生、法國人、太空人、普亞普拉族、總統、密探和其他人類界的超自然生物。我們也將舉辦一場服裝比賽！給各位一點靈感，以下是上一屆化裝舞會優勝者的裝扮！

仙女，打扮得像個愛抱怨的英國女士

巨怪欽特爾和斯菲爾斯金，分別扮成強盜和印第安人

樹洞精靈打扮成清道夫

花園小矮人布魯赫特，身著醫生的服裝

小精靈大鬍子利亞普別多爾，打扮成俄國古典文學作家

小精靈法伊奧利，打扮成賭場老闆

小矮人梅克勒赫斯特，打扮成香水商人

蒲公英小精靈，打扮成小嬰孩

皮克西妖精夫婦，分別扮成會計師和德語教師

皮克西妖精卡利吉，打扮成古代中國人

不管怎麼說，這都是一個令人驚歎的想法：舉行化裝舞會，舞會的所有參與者都要打扮成人類！所有人都要變得讓我認不出來！你們必須和人類一模一樣！一切就像在童話故事裡一樣，好像我真的落入了人類世界！一股孩子般的恐懼湧上心頭，還有一種奇妙的感覺，彷彿我正躺在罌粟花的花蕊裡，聽著小傻瓜凡夫列柳什在人間歷險的童話入睡……這裡什麼人都有！我想好好看看所有的人！無論男人、老太太、公主、銷售員，或者美國人、嬰兒、搬運工人、議員……

這根本就是格羅兄弟[1]《童話生物百科全書》的復活！順便一提，你們知道百科全書裡的故事是怎麼來的嗎？不知道？噢！那麼，且聽我道來！

據說，著名的小矮人格羅兄弟在研究古代仙子與人類有關的民俗傳說（就是各式各樣的童話、民間故事，你們知道的……）之後，撰寫了這本百科全書。但這種說法根本是胡說八道！實際上，《童話生物百科全書》是兩位兄弟在人類世界裡收集的多世紀年鑑！而且他們採用了非常有意思的方法。

你們看過長著犄角的蛇玩紅色珍珠嗎？平常這些珍珠藏在牠們的犄角裡，只有月夜時才會被拿出來。所有人都知道，這些紅珍珠可以實現任何願望。就這樣，有一次，格羅兄弟中那個叫菲利格利姆的，搶到了一顆珍貴的紅珍珠，並沿著小溪躲避追趕他的蛇。畢竟流水從不向人訴說它看到了什麼的，對吧？而他的兄弟雅各則狡猾地從菲利格利姆那裡騙取了珍珠。他是這樣騙到手的──讓菲利格利姆喝下斑點毒蘑菇水，趁他昏睡後，撿了一顆石頭放進他手中。笑裡藏刀的雅各把珍珠放進蒲公英酒裡溶化，一口喝了下去！愚蠢的他並不知道這顆珍珠已經裝滿菲利格利姆的願望。

一段時間後，雅各在一個陌生世界裡醒來。他一動也不能動，也無法發聲叫人幫忙。很快地，他發現自己被困在一個石獸的身體裡，並且位於離地很高、既神秘又莊嚴的教堂屋頂！混在珍珠毒酒中的願望，送給雅各一個奇怪的禮物：他可以透過石獸眼睛觀察周圍發生的事情。雖然他的石頭嘴巴無法說話，但可以把意念傳遞給他的兄弟。

這些意念與想法就是百科全書裡記載的內容。如果有誰不相信，可以去看看百科全書的第一版，它保留了菲利格利姆按雅各的意念所寫下的古怪前言。當然，這篇前言後來被刪掉了──原本的前言盡是些邪魔歪道的東西──而換成我們習以為常的描述，諸如格羅兄弟如何揹著背包在田野和樹洞裡遊蕩，

為了確保真實性，我原想隨書附上一個海螺音檔，裡面是人類學家界傳說級的演講。由於當時知了合唱草地上嘈雜的嘰喳聲，所以錄音效果非常糟糕。你必須把海螺緊貼在耳畔，才能聽出點什麼。我把仙女列奧塔·克莉斯碧絲的演講來回聽了幾遍，並將完整內容原封不動地收錄於此。──作者小矮人克哈夫特注

[譯注]
1　「格羅兄弟」（братья Громм）可以理解為對「格林兄弟」（братья Гримм）的戲仿。

收集有關人類的古老傳說和魔法童話。

　　已經消失的前言正好提到百科全書中收集到的人類形象。這是雅各觀察到的，他被困在巴黎聖母院頂樓的石獸裡，待了八百多個人類年。菲利格利姆努力依照他兄弟傳來的意念描繪人類的形象。直到今日，他仍持續這麼做，因此百科全書每出一個新版本就會補充幾頁。

　　就這樣，翻開百科全書的任何一頁，都能看到各式各樣的人類，就像你們現在所打扮的一樣！這麼說好了，他們都是不同的魔法生物，就像水妖和火蠑螈那樣地大相徑庭。

　　但也不是這樣的，他們全都是人類！當然，人類有不同的詞語來區分外貌，像是：老人、小孩、搖滾樂手、中國人、機車騎士、女孩、乞丐……但以上並非種類不同的魔法生物！他們屬於同一種類──人們自稱為「人類」。就像當我們說到「人」時，這人可能是漂亮的、奇怪的、圓的、長的、多毛的、閃閃發亮的、佝僂的，也可能是黑的人、白的人、可笑的人、大的人、小的人……總而言之，就是各式各樣的人，但他們又不會同時出現，好像要按順序排隊……

　　看來，這很難解釋，我們只能找相近的例子來比喻。比如，我覺得小孩子有一丁點像小精靈，青少女比較像皮克西妖精，女人就像仙女，而老太太就像德國神話裡的山妖。可是！就拿小精靈來說，他生來就是小精靈，無論外表或內在本質一生都不會改變，直到他融化在仙境之中，對吧？但是，人類一生中可以經歷所有這些生物體：剛出生時是小精靈，由小精靈變成皮克西，再由皮克西變成仙女，最後又由仙女變成山妖！

　　是什麼促使人類不斷蛻變仍是難解之謎。我們只知道，人類將這些變化稱為「年紀」。

　　年紀或許是迷魂藥，或許是強大的咒語，或許是無情的人類神祇，人們在祂面前總是無能為力，只能任其奴役。當人從一個生物變成了另一個生物時，人們意有所指地朝那個人的方向點點頭，然後說：「唉，年紀到了……」可能還會歎口氣，攤開雙手說：「那又能怎麼辦呢？」

　　人類在自己的生命過程中不僅僅要轉變外貌，還會完全改變所從事的工作、信念、生活習慣和思考模式，這一切都取決於他變成哪種生物。你相信也好，不信也罷，小孩、大學生和退休老人完全不一樣，但他們還是同樣的那個人，只是外貌隨著時間更迭而改變。

格羅兄弟

格羅兄弟《童話生物百科全書》的其中一頁

人的蛻變

小精靈 *Эльф*

皮克西妖精 *Пикси*

仙女 *Фея*

山妖 *Кобольд*

　　所以人類有各式「證件」。這是一些紙片，盡可能地紀錄人類變幻莫測的本質，包括住在什麼地方、從事什麼工作、擁有什麼技能等等。「護照」是基本證件之一。它是一個小本子，上面有人類各個時期的化身，可以用來確定人的年紀。護照是用來證明，比如說，皮克西妖精模樣的人和山妖模樣的人都是同一人，並沒有從別人那邊偷取他們的記憶。

　　對於沒到過人類世界的夥伴們來說，這件事可能很難理解，而且，我似乎扯得太遠了……我希望各位多喝些蒲公英酒，畢竟演講的不是你們，是吧？就是現在，大家來跳人類的舞囉！我宣布第一支舞是「白舞」：只有穿白色衣服的人可以跳舞──請新娘邀請廚師共舞！

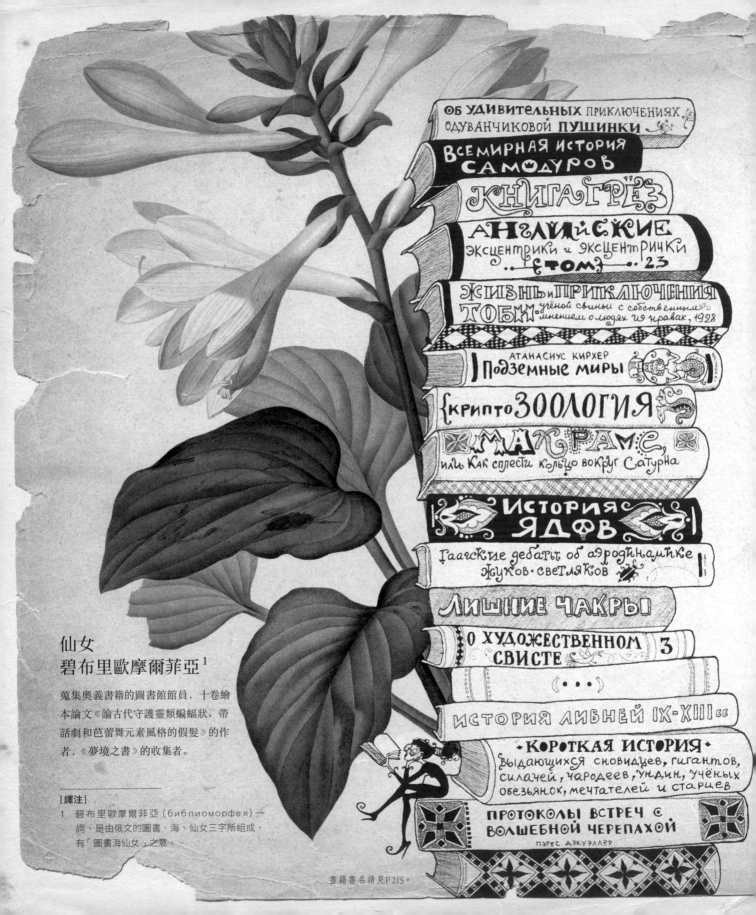

ОБ УДИВИТЕЛЬНЫХ ПРИКЛЮЧЕНИЯХ ОДУВАНЧИКОВОЙ ПУШИНКИ

ВСЕМИРНАЯ ИСТОРИЯ САМОДУРОВ

КНИГА ГРЁЗ

АНГЛИЙСКИЕ эксцентрики и эксцентрички {ТОМ} 23

ЖИЗНЬ и ПРИКЛЮЧЕНИЯ ТОБИ, учёной свины с собственным мнением о людях и нравах, 1928

АТАНАСИУС КИРХЕР Подземные миры

{крипто ЗООЛОГИЯ

МАКРАМЕ, или Как сплести кольцо вокруг Сатурна

ИСТОРИЯ ЯДОВ

Гаагские дебаты об аэродинамике жуков-светляков

ЛИШНИЕ ЧАКРЫ

О ХУДОЖЕСТВЕННОМ СВИСТЕ 3

{...}

ИСТОРИЯ ЛИВНЕЙ IX-XIII вв

• КОРОТКАЯ ИСТОРИЯ • выдающихся сновидцев, гигантов, силачей, чародеев, ундин, учёных обезьянок, мечтателей и старцев

ПРОТОКОЛЫ ВСТРЕЧ с ВОЛШЕБНОЙ ЧЕРЕПАХОЙ
ПЭРЕС ДЭКУЭЛЛЕР

仙女
碧布里歐摩爾菲亞[1]

蒐集奧義書籍的圖書館館員，十卷繪
本論文《論古代守護靈類蝙蝠狀、帶
話劇和芭蕾舞元素風格的假髮》的作
者，《夢境之書》的收集者。

[譯注]

1 碧布里歐摩爾菲亞（библиоморфея）一
詞，是由俄文的圖書、海、仙女三字所組成，
有「圖書海仙女」之意。

Что такое человек?

人類是什麼？

摘自碧布里歐摩爾菲亞在夢中讀過的書

Что я хочу сказать? Существует так много представлений разных народов о людях, что невозможно чётко ~~не~~ понять, что же всё-таки это такое — человек? Однако, если вы хотите по-настоящему запутаться в этом вопросе, следует поинтересоваться мнением самих людей.

Во сне я прочла немало толстых человеческих книжек. Всякий раз по пробуждении я заношу запомнившиеся цитаты и образы в "Книгу Снов" на своём прикроватном столике. В ней накопилось много иллюстрированных определений человека, взятых из произведений различных людей. Сказать, что они ставят в тупик, — это ничего не сказать.

Я думаю вот что: они либо представляют собой немалый исследовательский интерес, либо ~~эте~~ являются бессмысленной нелепицей... Одно из ~~в~~ двух.

Фея Библиоморфея

我想說什麼呢？ 不同民族關於人類的各種想像有這麼多，以至於我們無法釐清人類到底是什麼。但是，如果您想真正弄清楚這個問題，就應該對人類本身的見解感興趣。

在夢中，我讀了不少人類所寫的大部頭書籍。每次醒來，我都會把記住的引文抄寫到床邊小桌子上的《夢境之書》。這本書裡積累了大量配有插圖的人類定義，這些定義是從各式各樣的人類著作中摘錄出來的。只不過，它們依舊令人丈二金剛摸不著頭緒，等於什麼也沒說。

我的想法是：它們要不是展現了人類對於研究的極大興趣，不然就是沒有根據的荒謬言論……二者必居其一。

—— 碧布里歐摩爾菲亞

摘自《夢境之書》
из "Книги Снов"

ЧЕЛОВЕК — ЭТО СМЕРТНЫЙ БОГ

·ГЕРМЕС ТРИСМЕГИСТ·

人類是凡間之神。

——荷米斯（希臘神話諸神的使者）

ЧЕΛΟΒΕΚ — мерA ВСех вещей

•ПРОТАГОР•

人類是萬物的尺度。

——普羅達哥拉斯（古希臘哲學家）

ЧЕЛОВЕК -
ЖИВОТНОЕ,
ПРОИЗВОДЯЩЕЕ
ОРУДИЯ

• БЕНДЖАМИН ФРАНКЛИН •

人類是會製造工具的動物。

——班傑明‧富蘭克林（美國發明家）

人與樹其實相同。愈是向高處尋求光明，
根就愈是堅定地伸向泥土，向下深入到
那黑暗的深處，進入那罪惡之中。

——尼采（德國哲學家）

С человеком происходит
то же, что и с деревом.
Чем больше стремится
он вверх, к свету,
тем глубже уходят
корни его в землю,
вниз, во мрак
и глубину — ко злу.

•НИЦШЕ•

Человек — существо без перьев,
двуногое, с плоскими ногтями.

•ПЛАТОН•

人類是沒有羽毛、兩腳直立，還有扁平指甲的動物。

——柏拉圖（古希臘哲學家）

人可以變成基督教的大天使、宮廷裡的弄臣，也可以變成罪犯──而且這點沒人會發現。但比方説，人只要掉了一枚鈕扣，立即會被其他人發現。這世上的一切是多麼地愚蠢！

ЧЕЛОВЕК·МОЖЕТ·ПРЕВРАТИТЬСЯ·В·
АРХАНГЕЛА·ШУТА·ПРЕСТУПНИКА —
·И·НИКТО·ЭТОГО·НЕ·ЗАМЕТИТ.
НО·ВОТ·У·НЕГО·ОТОРВАЛАСЬ,
·СКАЖЕМ,·ПУГОВИЦА —
·И·ЭТО·ЗАМЕТИТ
КАЖДЫЙ.
ДО·ЧЕГО
ЖЕ·ГЛУПО
УСТРОЕНО
ВСЁ·НА
СВЕТЕ.

·REMARK·

雷馬克 (德國作家)

У человека, как у
луны, есть тёмная
сторона, которую
он никому не
показывает.

МАРК
ТВЕН

每個人都是月亮，
總有一個陰暗面，
從來不讓人看見。

──馬克·吐溫 (美國作家)

КАЖДЫЙ·МУЖЧИНА·И·КАЖДАЯ·
ЖЕНЩИНА – ЗВЕЗДА!
·АЛИСТЕР КРОУЛИ·

每個男人和女人都是星星！
——阿萊斯特·克勞利（英國神祕學家）

人只是一根蘆葦，大自然最屏弱的作品。但人卻是會思考的蘆葦。宇宙不需動手，只消輕風吹動、串串水滴，就足以摧毀人類。即使宇宙要將他毀滅，人也總是比宇宙崇高，因為人可以感知到死亡，也感知自己比宇宙脆弱。而宇宙卻對此渾然不知。

——布萊思·巴斯葛（法國哲學家）

ЧЕЛОВЕК — ВСЕГО ЛИШЬ ТРОСТНИК, СЛАБЕЙШЕЕ ИЗ ТВОРЕ- НИЙ ПРИРОДЫ, НО ОН тростник МЫСЛЯЩИЙ. ЧТОБЫ ЕГО УНИЧТО- ЖИТЬ, ВОВСЕ НЕ НАДО ВСЕ- ЛЕННОЙ: ДОСТАТОЧНО ДУНОВЕНИЯ ВЕТРА, КАПЛИ ВОДЫ. НО ПУСТЬ ДАЖЕ ЕГО УНИЧТОЖИТ ВСЕЛЕННАЯ, ЧЕЛОВЕК ВСЁ РАВНО ВОЗВЫШЕНЕЕ, ЧЕМ ОНА, ИБО ОН СОЗНАЁТ, ЧТО РАССТАЁТСЯ С ЖИЗНЬЮ И СЛАБЕЕ ВСЕЛЕННОЙ, А ОНА НИ·ЧЕГО НЕ СОЗНАЁТ.

· БЛЕЗ ПАСКАЛЬ ·

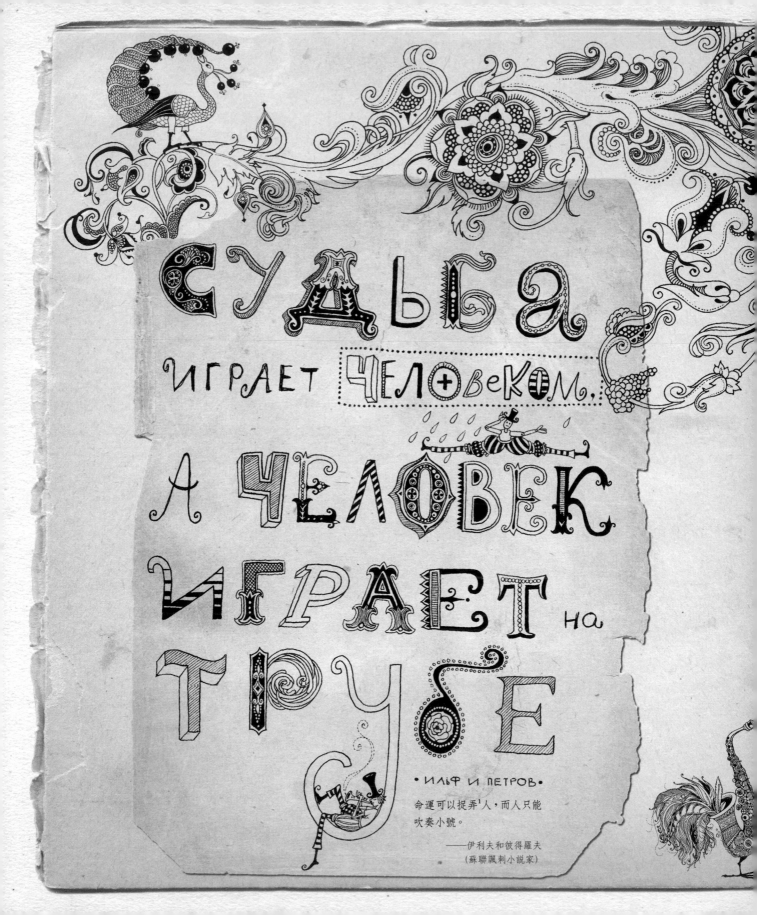

СУДЬБА ИГРАЕТ ЧЕЛОВЕКОМ,
А ЧЕЛОВЕК ИГРАЕТ НА ТРУБЕ

• ИЛЬФ И ПЕТРОВ •

命運可以捉弄[1]人，而人只能
吹奏小號。

——伊利夫和彼得羅夫
（蘇聯諷刺小說家）

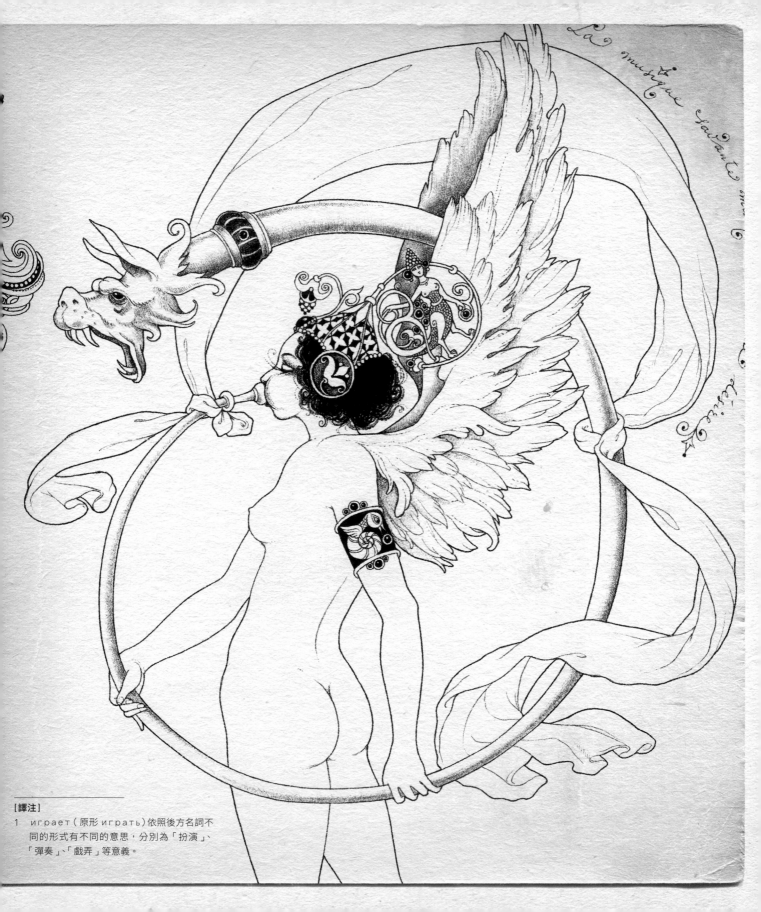

［譯注］

1 играет（原形 играть）依照後方名詞不
同的形式有不同的意思，分別為「扮演」、
「彈奏」、「戲弄」等意義。

КАЖДЫЙ ЧЕЛОВЕК ДЕЛАЕТ, ЧТО В ЕГО СИЛАХ: ОДИН – РЕВОЛЮЦИЮ, ДРУГОЙ – СВИСТУЛЬКУ. У МЕНЯ, МОЖЕТ, СИЛ ТОЛЬКО НА СВИСТУЛЬКУ И ХВАТАЕТ, ТАК ЧТО ЖЕ, Я – ГОВНО ТЕПЕРЬ?

· БРАТЬЯ СТРУГАЦКИЕ ·

每個人只能做其力所能及之事：有的人去革命，有人只能吹吹笛子。
我可能只能吹笛子，那麼，我是狗屎嗎？

——斯特魯加茲基兄弟（俄羅斯小説作家兄弟檔）

Человек не ангел
и не животное, и
несчастье его в том,
что чем больше он
стремится уподобить-
ся ангелу, тем боль-
ше превращается
в животное.

• Блез Паскаль •

人既不是天使，也不是禽獸，但不幸的是，
想表現得像天使的人看起來卻像禽獸。

——布萊士·帕斯卡（法國哲學家）

ЧЕЛОВЕК — {ЭТО} ЖИВОТНОЕ, СПОСОБНОЕ УЛЫБАТЬСЯ

• АНТРОПОЛОГИ •

人類是會笑的動物。

——人類學家

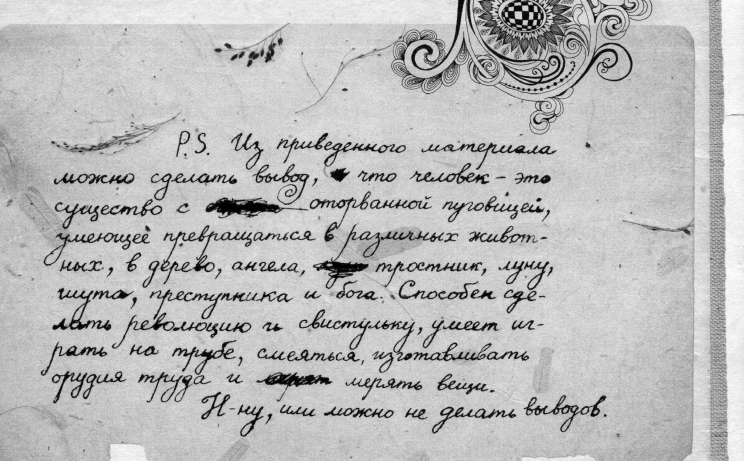

P.S. Из приведённого материала можно сделать вывод, ~~что~~ что человек — это существо с ~~оторванной~~ оторванной пуговицей, умеющее превращаться в различных животных, в дерево, ангела, ~~в~~ тростник, луну, шута, преступника и бога. Способен сделать революцию и свистульку, умеет играть на трубе, смеяться, изготавливать орудия труда и ~~мерять~~ мерять вещи.

Н-ну, или можно не делать выводов.

P.S：透過這些描述我們可以得出以下結論——人類是掉了鈕扣的生物，能變成各種動物，可以變成大樹、天使、蘆葦、月亮、小丑、罪犯和神；可以革命，可以吹口哨，會吹奏小號，會笑，會製造工具和測量物體。當然，我們也可以不下任何結論。

凡圖弗爾 · 巴察列利

草藥配製者，皇室食譜的裝訂工，大嗓門，
神祕主義者，襯褲縫紉師。

Откуда
берутся люди?

人從哪裡來？

凡圖弗爾・巴察列利的綜合調查研究

關於人類起源這個主題，有幾個經典的版本很著名。

樹洞精靈相信，人類是巫師用蜂蠟、泥土或黏土捏塑而成的，然後把他們當做自己魔法事務的助手來使喚。巫師在每個人的嘴裡放了一張寫著各項任務的紙條。對巫師來說，這是每天的例行工作，在人類世界則被叫作「生命的意義」。在把人派去「石頭森林」之前，巫師會在他身上綁一根繩索，好讓人在完成指令後回得來。

人可以在人類世界裡生活一輩子，卻從來不知道紙條上寫了什麼，但這不代表他沒去執行巫師的任務，他可能只是不了解任務為何。如果被製造出來的人是瑕疵品，沒能力完成紙條上的任務，巫師會剪斷另一端繫在那人家裡的繩索，而這個人就會在人類世界裡死去。有些人看得到這一切，所以經常描繪從雲中伸出一隻正在剪斷繩索的神秘之手。

山妖相信，人是從墳墓裡復活的石頭巨怪，也會受到巫師紙條的控制。仙女的迷信傳說認為，每當美麗迷人的仙女發笑，童話世界裡就會誕生一個人。在一些遙遠的王國內則流行這樣的傳說，似乎是說：當煙囪仙女們在風中演奏時，人就會從風裡誕生；或者，人會化身為仙女跳舞時從水窪噴濺的水滴，滲入月光照耀的童話世界。小矮人們則普遍相信一種迷信傳說，認為人類是墜落的小精靈。

巫師正在剪斷繩索

51

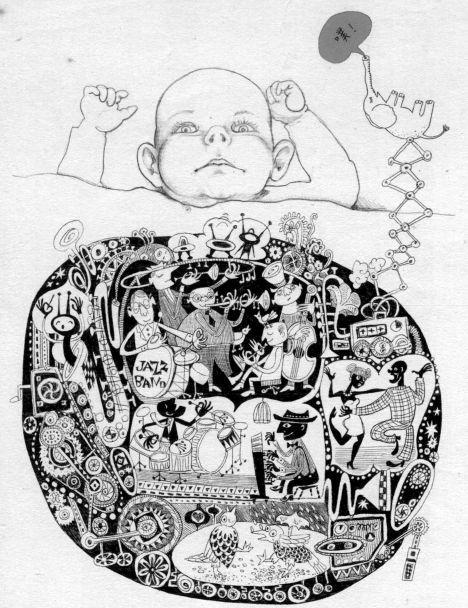

不可思議的勇士伊斯波林[1]在自己的多本著作《關於不可思議的勇士伊斯波林》中，把人稱作「會思考的泡泡」，並言之鑿鑿地表示，人類就是他伊斯波林的想法。有些人生來就明亮、燦爛，有些人則可能晦暗、難解。

儘管有這些經典傳說，但人類真正的誕生方式其實更加難以想像！

所有的人，不論他們現階段具有哪種精靈族類的樣貌，不管他們是學者，還是國王、水手、日本人、女人、流浪漢、中階經理……大家剛出生時都是孩子，而且無一例外。也就是人類剛出生時都很小，然而後來他們的身材比例和尺寸不斷變化，直到比出現在這個世界上的那一刻再大上二十倍之多！發生在他們身上的變化還不止如此。由孩童變為成年人，這確實是一種魔法，因為沒有任何一種精靈能跟人一樣，變化如此之大。

於是乎，人是從孩子變來的，那孩子又從何而來？

有兩種可能的假設。第一，孩子是被鸛鳥扔到臺階上的；第二，孩子是在包心菜裡發現的。但是，基於某種神秘的原因，人類自己並不相信這些說法。他們之所以把這樣的故事講給孩子們聽，是為了掩蓋所謂的真相。國王的蛋糕顧問、老鼠足跡卜卦學相關論述的作者、長鼻天狗方言權威舒爾姆爾·格龍吉，就這件事發表了以下看法：

「人們相信，孩子是塞克斯生的。無論是我，還是其他被人類綁架的精靈們，都沒見過這位塞克斯。但是，跟所有毫無根據的傳說一樣，塞克斯被人類奉為偶像崇拜，而且還被很多很多所謂的證據包圍鞏固著。甚至還有人裝模作樣地認為，塞克斯是常態生活的一環。比如，塞克斯可以藉由被放在一個特別箱子裡的幽靈向人類展示，這種箱子每個家庭都有。赤身裸體、尺寸被縮小了許多的人類複製品，在這個箱子裡古裡古怪地相互碰撞、竊竊私語，有時還會發狂似地大聲喊叫。箱子裡的幽靈們可以依照塞克斯的劇本演上好幾個小時。有時候，人們會成群聚在一起觀看這些演出，他們對這很感興趣！工作的時候，他們會看另一種箱子，並從裡面找出塞克斯或者裸體人的圖片，這些人似乎很想獲得塞克斯。請您說說看，難道這些看似自然的東西真的如此有趣嗎？比如，人們真的會聚集在箱子前面幾個小時，只是為了看幽靈吃東西和睡覺？

當然我們也可以假設，人類都是在私底下進行這種事。但在人類的神話中，塞克斯是一個廣受期盼且令人感到愉悅的角色，人們嚮往他，就好像嚮往追求愛情的頂峰、滿足的最高境界。為了塞克斯，人會像追求真正可貴的無價之寶一樣奮不顧身、失去理智。但如果真是如此，為什麼人類要把這麼美好的事情隱藏起來呢？真是百思不得其解！」

說實話，如果人類世界裡有比這位塞克斯更荒謬的事物存在的話，那就是關於孩子是從他而來的說法了。孩子是從哪裡出現的？從角落出現的？還是從床底下冒出來的？什麼時候出現的？得要這樣大喊大叫和發狂多久才會出現？不用說，這種假設的可信度根本比不上與鸛鳥和包心菜的傳說。

我堅信小精靈是最接近真相的。「五花苞精靈學校」校方認為，人是植物的靈魂。根據小精靈的傳說，植物的靈魂長久以來都在人類毫無意義的生活大鍋裡滾沸煎熬。每千個瞬間，索福尼茲巴女神就會從中挑選一個靈魂，幸運的中選者就能從大鍋中解放出來，掙脫人類身體的枷鎖，從人類無限的生死輪迴中得到解脫，並在我們的世界裡以睡蓮花、丁香花或華麗的繡球花的模樣重生綻放。這種傳說很容易得到驗證，因為花朵本身就代表了自己的前世。

舒爾姆爾·格龍吉

ПУРПУРНЫЙ ИРИС

«Я была **ПРИНЦЕССОЙ**.
Меня мучили гордыня и алчность.
Однажды ко мне посватался
заморский принц, и я отвергла
его, как и остальных.
На прощанье он подарил мне
драгоценное ожерелье с
заводной птицей и аметистом.
Оно оказалось отравленным.»

→

紫色鳶尾花

「我原本是一位公主。高傲自大和貪得無
厭使我感到痛苦。有一次，一位外國王
子向我求婚，我像拒絕其他人一樣拒絕
了他。告別時，他送我一條帶有發條小
鳥和紫水晶的珍貴項鍊。但，原來這條
項鍊有毒。」

ЖЁЛТАЯ ИКСИЯ

«Я был школьным учителем математики. Однажды я поскользнулся на масле, разлитом учениками у входа в класс, упал и разбил очки. Потом переходил дорогу и попал в аварию. Я рад, что отмучался.»

黃色南非鳶尾花

「我原本是位小學數學老師。有一次，我在教室門口被學生灑的油滑倒，打破了眼鏡，後來過馬路時便發生車禍。但我感到很快樂，因為再也不必受折磨了。」

安東＋傻瓜＝

有四隻眼睛的仁[1]

四眼田雞不一定聰明！

ПЛАМЕНАЯ ЛИЛИЯ

«В прошлой жизни я была УЛИЧНЫМ КАНАТОХОДЦЕМ.

Как-то, исполняя танец цикады, я засмотрелась на факира. Последним, что я помню в полёте, был огромный, выдыхаемый в небо КЛУБ ОГНЯ.»

火百合

「我的前世是個在街頭表演走鋼索的雜耍藝人。某次，我正在表演一支蟬舞，因為多看了兩眼旁邊的雜耍藝人而分了心。墜落時我記得的最後一個畫面，是天邊那朵巨大的火雲。」

Орхидея «Башмачок»

«Я помню себя обездоленной и обозлённой на мир **СТАРУХОЙ**. Последние 10 лет моим единственным собеседником был такой же обездоленный и вредный кот. Я часто его вспоминаю.»

→

拖鞋蘭

「我記得我是個一貧如洗、憤世嫉俗的老太婆。在我人生最後十年，唯一陪伴我的，是一隻同樣貧困又惡毒的貓。我經常想起牠。」

ТИГРОВАЯ ЛИЛИЯ

«Я была ЭКЗОТИЧЕСКОЙ ТАНЦОВЩИЦЕЙ. Однажды я наступила на скорпиона.»

虎皮百合

「我原本是一位來自異國的女芭蕾舞者。某次表演時，我不小心踩到了一隻蠍子。」

仙女薩菲爾

蜻蜓公主，螢火蟲的點火姑娘
和女製香師。

Про маленьких и больших людей

關於小人和大人

摘自仙女薩菲爾的日記

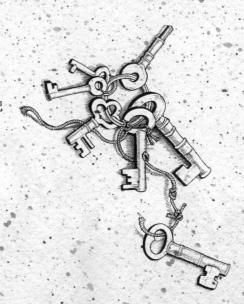

МАЛЕНЬКИЕ И БОЛЬШИЕ ЛЮДИ ЗАВИДУЮТ ДРУГ ДРУГУ. БОЛЬШИМ КАЖЕТСЯ, ЧТО ОНИ НИКОГДА НЕ были так свободны и счастливы, как тогда, когда были маленькими. Ничто во взрослой жизни уже не занимает их так, как некогда — майский жук в спичечном коробке, рассматривание солнца сквозь обкатанное морем стёклышко, подпихивание гусеницы палкой к муравейнику и страшные истории в тайном домике на дереве.

МАЛЕНЬКИМ ЖЕ ЛЮДЯМ КАЖЕТСЯ, что большие могут всё. Ведь никто не запрещает им есть сколько угодно конфет и мороженого, приносить домой полные карманы камней и ракушек, прыгать с разбегу в лужи и корчить рожи. Большие люди всемогущи и свободны делают всё, что им заблагорассудится. Поэтому маленький человек складывает свои мечты во взрослое будущее и запирает их на ключ. ВОТ ТОЛЬКО КЛЮЧ ЭТОТ ЧАСТО ТЕРЯЕТСЯ

小人和大人總是彼此羨慕。

大人覺得他們不再像當小人時那樣地自由和快樂。在他們的成年生活中，沒有任何事物能像小時候那般具有吸引力——像是火柴盒中的甲蟲、透過海玻璃觀察太陽、用樹枝將毛蟲推向蟻丘，或是在秘密樹屋裡講的鬼故事。

小人覺得大人做什麼事都可以——沒人會禁止他們吃想吃的糖果和冰淇淋、將滿滿一口袋的石頭和貝殼帶回家、助跑跳進水漥，或者是扮鬼臉。小人覺得大人無所不能，可以隨心所欲做想做的事。所以小人總是把自己的夢想放進長大成人的未來，並用鑰匙鎖起來。但，這把鑰匙經常遺失。

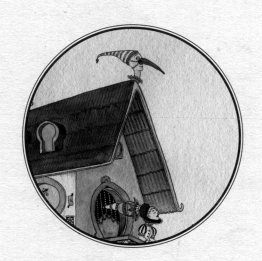

Часть 2

ВОЛШЕБНЫЙ МИР ЛЮДЕЙ

第 2 章　人類的神奇世界

Про человеческие жилища и вещи

關於人類的住所和物品

摘錄自貪睡的比茲沙別爾的便條和速寫本

貪睡的比茲沙別爾

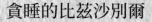

水下、地下和天上諸神靈茶會的御前籌書人，蒸斗獨木舟擁有者，
植物學家，氣球駕駛員和第十九級愛書人。

Железные насекомые

鐵甲蟲

與我們不同的是，人不會飛。他們沒有翅膀，不坐有翅蟾蜍拉的四輪車，不乘坐飛魚跳躍，也不騎上金龜子翅膀到處閒逛。人們利用從地底小矮人那裡弄來的金屬，製造出好大的甲蟲，並且為了能到處跑，他們甚至會鑽進甲蟲的肚子裡！只要利用機械力學（一種人類用來驅動無生命物件的魔法）和被稱為「汽油」的魔法藥水，人們就可以讓鐵甲蟲在城市裡飛快奔跑。但如果許多鐵甲蟲聚集在同一處，它們就只能像毛毛蟲從葉子爬到樹枝上一樣，一寸寸地緩慢前進。人們會因為煩悶就唆使這些鐵甲蟲相互咆哮。在黑暗中，鐵甲蟲的頭尾會發出亮光，好讓肚子裡的人看清楚要往哪裡去。

這些怪東西到了水裡就會沉下去。如果要越過海洋，人們不會像我們一樣搭乘貝殼或者美人魚的魚鱗，而是乘坐一隻巨大的鐵海鷗過去。

鐵甲蟲張開一扇翅膀，
人們便鑽進它的肚子裡。

人類是偉大的巫師：他們光是利用小矮人的金屬，不僅能橫跨海洋，還能在
天上飛行！他們擠在鐵造的飛龍裡，這隻鐵飛龍跨越海洋的速度比鐵海鷗更快。
飛行的時候，人們會在龍的肚子裡睡覺，或吃飛龍吞進肚子的東西。

Коробочка для чтения мыслей

讀取心思的小盒子

令人吃驚的是，人類常會否定一些顯而易見的事。舉例來說，他們不相信讀心術，自己卻每天都在做這件事！

為了進行這件事，他們會使用一個尺寸比手掌小、具有魔力的小盒子。只要輸入一串神奇代碼，就可以把想說話對象的靈魂呼叫出來。他們先大聲地對小盒子說出想問的問題，然後靜默片刻，聆聽對方的回應。聽完對方的心思後，他們有時會大笑、發脾氣，有時則會哭泣。

人們相信盒子裡沒有任何魔法，他們只是利用這個小盒子跟朋友、家人甚至陌生人說說話。這時候，說話對象可能在你不知道的地方，甚至在另一個「石頭花」或另一個大陸。很顯然，這種距離即使彼此大聲喊叫也聽不到，所以他們「只是在聊聊天」的想法實在很可笑！

有些人會因為自己擁有的魔法小盒子而驕傲，因為這東西不僅能讀取別人的心思，還能呼叫已過世的音樂家靈魂，讓他們在一個很小的發光舞臺上表演。這個小盒子甚至也是進入平行宇宙的入口，那裡存有所有問題的答案。這個宇宙就叫作「世界蛛網」。在這個世界裡，掌權的是一隻巨大的蜘蛛，人們每天都要餵牠許多裸體的年輕姑娘，以免牠暴怒而把兩個世界之間的門關上。人們不用真的進到蜘蛛宇宙裡，只要在小盒子寫下自己的問題，世界蛛網就會告訴他們數以千計的答案。有時答案與問題無關，蜘蛛只是建議人們看一下那些獻給牠的裸體女孩。基於尊重，所有人都會照辦。

Каменные цветы

石頭花

　　人們居住在巨大的石頭花裡，這些石頭花叫做「城市」*。

　　他們將石頭花的紋理叫做「街道」**，而為了不被搞混，每條街道都有名字。所有的紋理都通向花的中心，相互交織著，愈是接近中心，紋理就愈是鮮豔和壯麗。花的中心經常生長著巨大的、能為雲彩授粉的石頭花雄蕊。

　　沿著每一條紋理矗立著一排各式各樣的石頭盒子，這是「房子」。每個盒子裡都有著大量體積小一點的盒子，這是「公寓」，它們為人們提供居住的地方。石頭盒子就像大家玩的玩具方塊。有時候，等人們都入睡了，天空巨人為了驅趕黑夜的無聊，會拿石頭盒子當骰子擲著玩。為了讓人們醒來時還能待在原位、看到同樣的景色而不起疑，天亮時，每座房子都會撐著小腳跑回自己原來的位置。有時候人們清晨會找不到一些小東西，那是因為房子移動時，它們滾到了某些偏僻的角落裡。

---

* 不要和菜園搞混。
** 不要和蝸牛搞混。蝸牛在菜園裡，街道在城市裡。[1]

[譯註]

1　在俄語的構詞法中，菜園（огород）和城市（город）二詞相近，蝸牛（улитка）和街道（улица）二詞相近。

房子

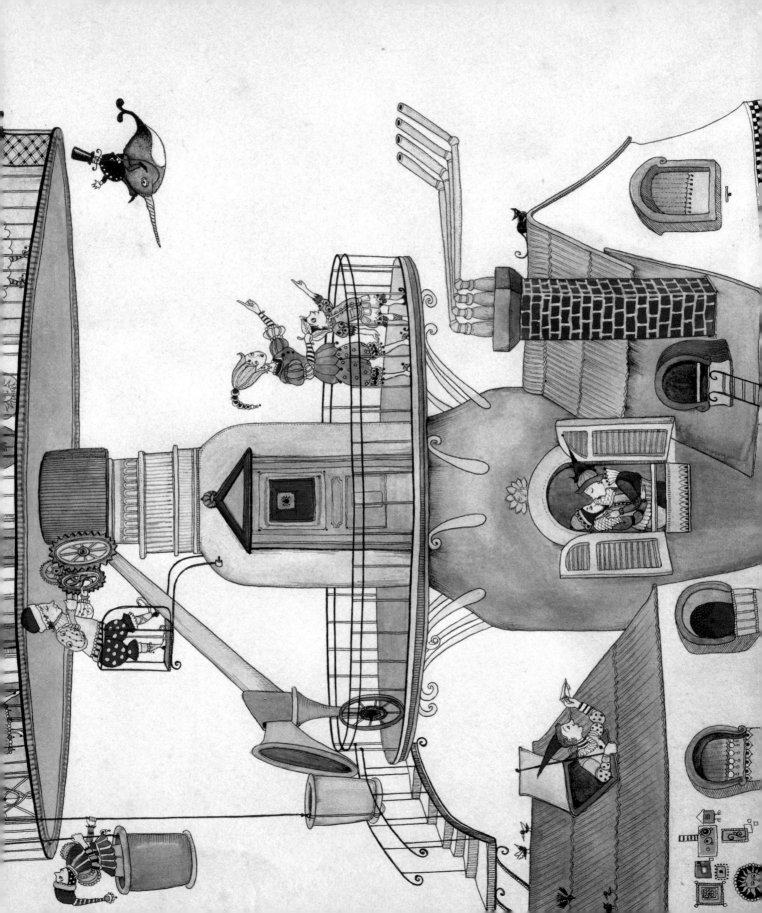

Блестящие ящики

發光的箱子

人們的房子裡充滿了各種能滿足人類各種願望的神奇物品。比如，在公寓裡經常會有沒有腦袋的方形鐵製野獸。這個傢伙會吃掉髒衣服，在透明的肚子裡拍打、轉動衣服，最後把乾淨、芬芳的衣服吐出來。另外還有一隻有發條的甲蟲，為了讓它盡情地吃灰塵，人們會拖著它柔軟的長鼻子在整個公寓裡打轉。

人們最離不開的是一個會發光的神奇箱子，這東西家家戶戶都有。人們撥出大量的時間留給這個箱子，因為它裡頭裝有各式各樣的幽靈，它們會表演、說故事、唱歌和玩遊戲。有時候，這些幽靈會打扮得很莊重，端正地坐著描述在其他石頭花和全人類世界裡發生的大小事情：那裡有人在打架，這裡發生洪水了，啊這邊還有隻獅子從馬戲團逃出來了！人們對於幽靈講述的世界大小事很感興趣。

透過一個辟邪物，人類可以任意使喚這些幽靈，讓它們不斷消失和變化，直到它們正在做的事是人們當下所渴望的為止：上演愛情故事、打架、密謀犯罪、展示塞克斯、唱歌、哭與笑、相互丟擲蛋糕或者任何其他事。

工作的時候，許多人也擁有發光的箱子，而且每人一個。人類會整天盯著它看，並根據看到的東西往箱子裡寫下自己的想法。有時，人們會聚集在一個談話的房間裡，花上幾個小時認真地討論他們在發光箱子裡所看到和所寫的東西，然後再繼續回去看這些箱子。

有的人還會把發光的箱子當做護身符一樣隨時帶在身邊，遇到任何問題都要和它商量。

有時幽靈也會從箱子裡往外看著人。在它們眼中，人就像長著兩個大腳後跟和一個小腦袋的靜止生物。

Поющие призраки

唱歌的幽靈

住在石頭花裡的人們無法忍受寂靜。在家和上班時，他們會觀看和收聽發光箱子裡的幽靈。在鐵甲蟲裡，那些看不見的幽靈也等著他們，並且會一路唱歌、講笑話和播報新聞。

許多人帶著會唱歌的幽靈到處走，它們被關在一個小音樂盒中，放在衣服口袋裡。為了不讓身旁的人聽到究竟這些幽靈在向他們唱什麼，人們會往自己的耳朵裡塞一對很小的花蕊，花蕊連接著一根從小盒子裡長出來的細長花莖，這樣幽靈就能直接在他們耳邊唱歌，好蓋過周圍的其他聲音。

唱歌的幽靈和看不見的音樂家們對人類有著不可思議的控制力。惡魔可以經由耳朵為人植入無法遏制的喜悅，人們會像著了魔一樣瘋狂起舞；或者把早已逝去的情懷深深植入人類體內，人們就會在滔滔善論的小提琴和擁有寶匣珍音的大鍵琴樂聲中陷入憂傷。

小精靈法伊奧利說，他曾在石頭花國度裡居住過，有一次，他在音樂盒裡甚至聽到了魔法書王國悲傷海妖的曲調。和小精靈一樣，那些看不見的音樂家會向人類施咒，使他們的心著魔，以法術在人的四周設下結界：偶然響起的嗓音、溫存的琴弦樂音聲，世界便融合成如此具體的完美狀態，以至於能切片放在天使的三明治裡。在這種時刻，人是坦誠的，坦誠得像一朵日落時的曼陀羅。那一瞬間停留在永恆，就好像被冰封的長毛象。當音樂的幻象結束後，人會從獨一無二的神奇生物重新變回孤獨的年輕程式設計師——一個二十五歲、有著大耳朵、滿臉雀斑、抽菸、在閒暇時間利用舊書研究摺紙藝術的人。這真是多麼狡猾的魔法。

魔法書王國的悲傷海妖

Часть 3

Нравы и Обычаи

第3章　人類的風俗習慣

傲慢的菲茨圖特爾

統治者的主宰者，
享有至高權力的紅罌粟花國王（就是最左邊、
與野兔洞並排、靠近瑪爾王國東大門的那株花）。

O религии

關於宗教

對人類荒謬、目空一切的觀點的理解
（摘自傲慢的菲茨圖特爾的旅遊隨筆）

樹棲森林
Виргинферра

我可能不會說，人類的世界，嗯，這麼說吧，遠比「樹洞精靈王國」或「樹棲森林[1]」還稀奇古怪——這是娶不到老婆而絕望的小精靈前去尋找長在樹上的新娘的兩個地方。無庸置疑的是，人類在許多方面非常了不起。舉例來說，他們既不相信魔法，也不相信夢，更不相信其他世界的存在，而且懷疑一切，但他們卻虔誠地相信科學。

→ 人類宗教的變種

就算只是想稍微談談神蹟顯靈，他們就會拿出「證據充足的」科學的方法、「合理的」論證和令你無法反駁的理論來爭辯，而這種理論實際上是根據「這若如此，皆應如此」的狂熱定論編造出來的。

{ 神奇魔術師

有多少在我們精靈王國備受尊敬的祭司和巫師，被人類稱為遊手好閒的人、幻想家和招搖撞騙的騙子。魔法師則被認為是詩人浪漫的幻想，是源自古老童話的誤解。

在人類世界裡，同一種藥水可以替所有的人治病，因為人們不相信每個人都是獨一無二的，而相信疾病是小惡魔所造成。他們之所以相信「微生物」的存在，是因為他們可以透過「科學的」顯微鏡看到它。

人類經常拒絕相信自己的眼睛。我們每天看到的地球是平的，太陽繞著地球轉。可是人們卻認為他們被自己的眼睛所矇騙：事實上是地球繞著太陽轉，而且一般來說，地球是圓的。對此人類無法提出明確解釋，只能反覆地說這都是經過「學者」所證明。

人類不知道的東西很多，而且在任何情況下都求助於科學，說是那些學者——最高主教——會知道或搞得清楚。舉個例子，當人們共有的太陽被「宇宙大鱷」吞下後，在每個人的公寓裡，都會燃起一顆自己的太陽。

{ 微生物、細菌

{ 也就是宗教上對「無庸置疑之真理」的理解，因為是「無庸置疑」的真理。 }

{ 一種神奇的小東西，在這裡面可以看到根本不存在的東西。 }

{ 與巫師和最高主教屬於同類，他們儀式性的嘮叨聽起來令人迷惑不解，也因此必須被奉為信仰。 }

[譯注]
1 「樹棲森林」乃是一處尚未開發的原始林地，樹上長有各種野生動物與生物。小精靈前往「樹棲森林」尋找長在樹上的新娘（妻子），作者在此運用自創詞帶出雙關語意：此自創詞的原文 Виргинферра，是由「野性的」（Ферра，即feral的部分以俄語拼寫）及「處女」（виргин，即virgin以俄語拼寫）所組成。

這些個人星體只要喀啦一聲，就會在每個小盒子[2]牆上的特定位置被點燃。要是不拿出一本叫做《八年級物理課本》的魔法書來查，就沒有人能清楚地解釋這是怎麼發生的。這些魔法書裡重述了學者們關於該相信什麼的嘮叨絮語，在長達十年的時間中，人類小孩聚集在各種特別設立的嘮叨房裡，為的就是要在接下來的一生中，把這些儀式咒語牢牢記住。

還有，人類認為月球上的斑點是「克拉-阿特爾」[3]。人是透過自己製造的「科學天文望遠鏡」看到它們的。

如果有誰想試著告訴人們：其實月亮上坐著一隻不科學的青蛙，牠揣著一個裝有魔法道具的小口袋，這些道具可以把惡魔從月亮上趕走。那麼，人類就會架起顯微鏡和天文望遠鏡，對這個不相信科學的人發動戰爭。

人類經常會與奇蹟相遇，但由於盲目無知和漠不關心，都沒發現它們的存在。如果人們終究還是看見了奇蹟，他們就會開始找各種荒謬的解釋，將它歸於日常現象和習以為常的「科學」世界的框架內。對人類來說，把那些似是而非、胡亂銜接的解釋堆成一座山，要比相信小小的奇蹟容易得多，也自然得多。如果有些奇蹟現象無法得到合理的解釋，人們就會宣稱這是想像、混亂思維的幻覺、空洞的幻想。

換言之，人們認為奇蹟不可能發生，這是他們平靜生活的保障與生活的基石。

宇宙大鰩

天文望遠鏡是一支巨大的管子，可以很神奇地把宇宙大鰩尾巴上的東西放大。

人類認為「宇宙大鰩」的說法是不科學的，畢竟這幾個字的意思十分清楚。人們都知道，太陽只是「被地平線擋住」了。人們認為太陽的體積大到不可能有被吃掉的可能性：太陽好像比地球本身大上幾百倍。真是不予置評。還有，根據人的信仰，宇宙中沒有這麼大的鰩魚。

這是一種野獸，是鼯鼠和烏賊的綜合體。

[譯注]
2　此處的「小盒子」指的是「公寓」。
3　「克拉-阿特爾」的俄文原意為隕石坑（又稱環形山）。

Мир шиворот-навыворот

完全顛倒的世界

摘自「細角」拉拉帕魯澤對胖子比格倫的採訪
《魔法書王國晚報》，香香三月，1867年

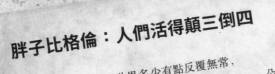

胖子比格倫：人們活得顛三倒四

「我認為，人類世界多少有點反覆無常，因為人類生活在正好與我們相反的現實世界裡。我們視為真理的事物，他們卻認為是胡說八道；我們認為珍貴的東西，在他們那裡卻是垃圾；我們這裡認為荒謬的事，卻是他們世界觀的基礎。

「他們的太陽是從東向西逆著轉的。巨大的甲蟲（比如像我這樣的）在他們那裡卻住在小指尖上。為我們拉車、力氣大又漂亮的蟾蜍，在人類世界被視為孱弱、醜陋的生物。人類大可以輕鬆地把整副輓具安在自己手掌上，而不是去嫌棄那個他這麼討厭的生物。獅子和鱷魚這些被仙女繫上蝴蝶結當成寵物的動物，在人類世界裡卻正巧相反──成了體型龐大，性格兇殘，而且嗜血成性的動物。

「被我們當成寬敞住所和華美宮殿的花朵，在人類世界裡是那麼地微小，小得讓人可以把它們捆成花束，就像我們把各種顏色的蜥蜴尾巴、穿堂風和葡萄藤捲鬚擺在家裡裝飾一樣。

「我們珍視的東西，在人類世界裡成了長滿苔蘚的灰色石頭和枯萎的樹葉，而人類的寶物，在我們這裡則是沒有任何意義的廢紙。我們的右是他們的左，我們的『對』是他們的『錯』，我們的湯匙是他們的叉子！」

烏莫布魯德・布拉頓頓[1]

十一級唯我主義哲學家，
旁注的行家，珍珠鈕扣專家、
蝸牛研究者以及日曆編寫者。

Опровержение Умоблуда Брадондона

Письмо в редакцию
«Вечерней Гримуарии»,
марципан, 1967 год

烏莫布魯德・布拉頓頓的反駁

給《魔法書王國晚報》編輯部的信
杏仁糖膏月，1967年

[譯注]

1　烏莫布魯德（умоблуд）是由理智（ум）和
　　淫亂、流浪（блуд）二詞所構成，暗諭該角
　　色具有浮想聯翩的個性。

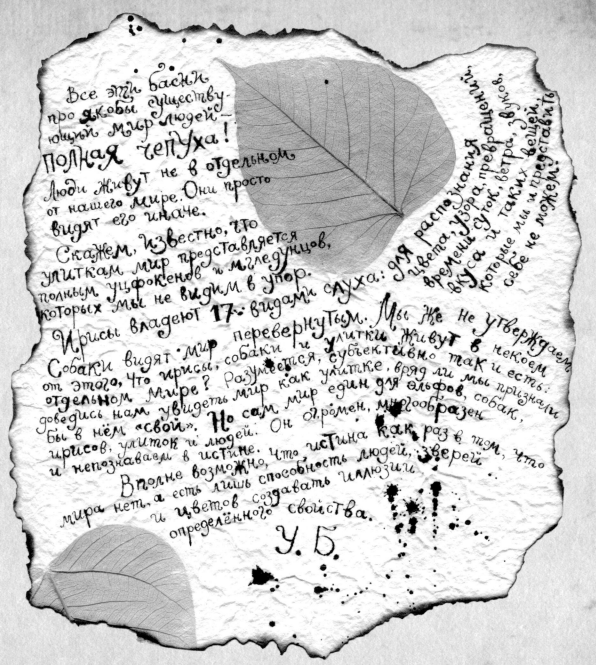

Все эти басни про якобы существующий мир людей — полная чепуха! Люди живут не в отдельном от нашего мире. Они просто видят его иначе.

Скажем, известно, что улиткам мир представляется полным уцфокенов и мгледунцов, которых мы не видим в упор.

Ирисы владеют 17-видами слуха: для распознания цвета, узора, превращений, времени суток, ветра, звуков, вкуса и таких вещей, которые мы и представить себе не можем.

Собаки видят мир перевёрнутым. Мы же не утверждаем от этого, что ирисы, собаки и улитки живут в некоем отдельном мире? Разумеется, субъективно так и есть: доведись нам увидеть мир как улитке, вряд ли мы признали бы в нём «свой». Но сам мир един для эльфов, собак, ирисов, улиток и людей. Он огромен, многообразен и непознаваем в истине.

Вполне возможно, что истина как раз в том, что мира нет, а есть лишь способность людей, зверей и цветов создавать иллюзии определённого свойства.

У. Б.

所有這些假設人類世界存在的寓言都是無稽之談，人類並非生活在獨立於我們之外的世界，他們只是以不同的方式看待它。

比如說，眾所週知，蝸牛看到的世界充滿了「烏茨弗根」和「姆戈列杜涅茨」，都是我們看不見的東西；以及鳶尾花擁有十七種聽覺模式，用以分辨顏色、花紋、變化、晝夜時間、風、聲音、味道和其他我們無法想像的東西；還有狗看到的世界是顛倒的。但我們不會因此斷言蝸牛、鳶尾花和狗生活在其他世界，不用說，主觀上看就只是這麼一回事。如果我們透過蝸牛的眼睛看世界，我懷疑我們是否能在蝸牛世界裡看見「我們的」世界？但對於精靈、狗、鳶尾花、蝸牛和人類而言，世界就只有一個，它是如此地巨大、多采多姿，以至於無法從真相中被辨識出來。

或許真相正是如此：這世界根本不存在，一切只因為人類、動物和花朵擁有創造幻覺的能力。

烏·布

大夫
謝利亞姆‧沙弗蘭

杵臼雌蕊勳章獲贈者，
弄蛇巫師，
五副各色夾鼻眼鏡
的擁有者。

О некоторых верованиях людей

關於人類的某些信仰

關於在埃利菲莉婭省小德姆哈爾迷路的哲學家之思想解析

主治大夫　塔爾金波加・謝利亞姆-沙弗蘭[1]注釋

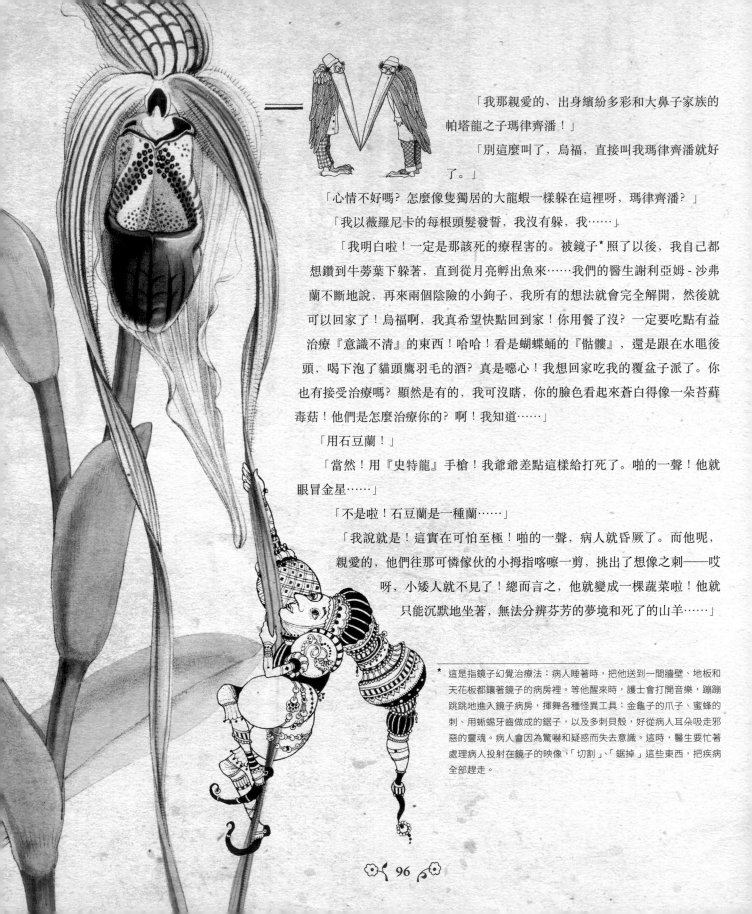

「我那親愛的、出身繽紛多彩和大鼻子家族的帕塔龍之子瑪律齊潘！」

「別這麼叫了，烏福，直接叫我瑪律齊潘就好了。」

「心情不好嗎？怎麼像隻獨居的大龍蝦一樣躲在這裡呀，瑪律齊潘？」

「我以薇羅尼卡的每根頭髮發誓，我沒有躲，我……」

「我明白啦！一定是那該死的療程害的。被鏡子*照了以後，我自己都想鑽到牛蒡葉下躲著，直到從月亮孵出魚來……我們的醫生謝利亞姆-沙弗蘭不斷地說，再來兩個陰險的小鉤子，我所有的想法就會完全解開，然後就可以回家了！烏福啊，我真希望快點回到家！你用餐了沒？一定要吃點有益治療『意識不清』的東西！哈哈！看是蝴蝶蛹的『骷髏』，還是跟在水黽後頭，喝下泡了貓頭鷹羽毛的酒？真是噁心！我想回家吃我的覆盆子派了。你也有接受治療嗎？顯然是有的，我可沒瞎，你的臉色看起來蒼白得像一朵苔蘚毒菇！他們是怎麼治療你的？啊！我知道……」

「用石豆蘭！」

「當然！用『史特龍』手槍！我爺爺差點這樣給打死了。啪的一聲！他就眼冒金星……」

「不是啦！石豆蘭是一種蘭……」

「我說就是！這實在可怕至極！啪的一聲，病人就昏厥了。而他呢，親愛的，他們往那可憐傢伙的小拇指喀嚓一剪，挑出了想像之刺——哎呀，小矮人就不見了！總而言之，他就變成一棵蔬菜啦！他就只能沉默地坐著，無法分辨芬芳的夢境和死了的山羊……」

---

* 這是指鏡子幻覺治療法：病人睡著時，把他送到一間牆壁、地板和天花板都鑲著鏡子的病房裡。等他醒來時，護士會打開音樂，蹦蹦跳跳地進入鏡子病房，揮舞各種怪異工具：金龜子的爪子、蜜蜂的刺、用蜥蜴牙齒做成的鋸子，以及多刺貝殼，好從病人耳朵吸走邪惡的靈魂。病人會因為驚嚇和疑惑而失去意識。這時，醫生要忙著處理病人投射在鏡子的映像，「切割」、「鋸掉」這些東西，把疾病全部趕走。

「讓我插句話，烏福！正如先生您所說，我完全可以分辨出想犯罪的蜘蛛和想吃果醬的傻瓜兩者的區別。我獨自在這裡，只是因為用石豆蘭治病後，身上散發很難聞的味道。你全都搞錯了！這裡用不著『啪！』，也不用『喀擦！』。我就只是被餵給了石豆蘭這種蘭花……這是可以一夜治好幻想的蘭花，到了早上就會把康復的病患吐出來。」

「原來是這樣呀！我還以為是你身上的菸草味。那正好，算我請客，既然……這不是菸草味。那這個（吸菸草的聲音，吭吭哼哼），唉呀呀，有幫助嗎？」

「（聞了一下，吭吭哼哼聲）欸……」

「不過啊，當然，這顯然沒有幫助！我親愛的朋友瑪律齊潘，除了你還有誰會知道，我們的病在這兒是無法被治癒的！我不是在瞎掰，而是說出了再荒謬不過的真理：人類確實存……在……！」（聽得出來烏福又說教式地伸出他的手指、並挑起左眉。）

「好啦，我以聖斯卡拉聘德里發誓，這是不可能被證明的！」

「瑪律齊潘，親愛的，你給我的印象就是在石頭森林裡待太久，沾染上人類習氣了。比如，你經常要向誰證明什麼……」

「我以索福尼茲巴女神的名譽發誓……」

「像那三隻小蒼蠅蕉拉一樣發誓。」

「三隻小蒼蠅？」

「人類世界都這樣稱呼最愛打架、脾氣暴躁的傢伙——『三隻小蒼蠅蕉拉』，你沒聽過嗎？聽說甚至還有關於他們的書。我看怎樣能在夢裡訂一本來讀，弄清楚是怎麼回事，唉呀呀……」

「我很樂意加入你的夢境，烏福。但我發誓，我必須說，你從人類那裡學了一些蠢事，像是堅持荒謬的幻想。你為什麼要否定顯而易見的東西？為什麼……」

「什麼是顯而易見的東西？是謝利亞姆 - 沙弗蘭暗示的那些事嗎？說人類是龍吐出的迷幻氣息在我們不正常腦袋裡製造的偶然幻覺？或者是鑽進耳朵的金蛇在你睡覺時甦醒，向你低吟的那些瞎編故事？」

「胡說八道！繡在我睡衣上的金色獅鷲完全不像你說的那樣，會趁我睡覺時去吃母馬……」

「我只是陳述了顯而易見的說法。我只是想相信這個世界的某處真的有人類的存在。每個人都相信自己願意相信的東西，對吧，瑪律齊潘？」

「不對！我承認客觀事實，我以格雷姆普的哈哈大笑發誓！」

「你看，現在你活脫脫就是人類了！」

「我？」

「唉唷！儘管無法找到兩個對這種『客觀事實』看法一致的人，但大家還是不停地說這個事實是存在的。而事實上又是什麼？每個時代的人類都會重新詮釋世界，而人們也真的相信，直到他們腦袋裡又出現新的亂七八糟的東西。說實話，他們就像做餡餅一樣胡亂捏造出這些『客觀事實』。現在的人類邪說與過去的相比，不好也不壞。重點在於邪說也是錯的，和其他東西都一樣，全都不完整，而且荒誕得不可思議。你看到沒有，瑪律齊潘，人們就像愛惜不可違背的真理一樣在愛惜這個邪說，他們總是如此！在你和那些用小矮人餵養發臭蘭花的大夫頑固地否認人類存在的同時，可笑的是，你們根本和人類一個模樣。」

「人類怎麼啦？他們會自我否定嗎？」

「不會，但他們有所誤解時也依然狂妄自大。朋友，我給你舉個例子，要是從不同時代抓兩個人類來：一個是古希臘異教徒，另一個是大學物理系實驗室的三年級女學生。如果人們可以搭乘有翅蟾蜍拉的四輪車，自由地在時空中穿梭，那麼女大學生就會對異教徒說，水中充滿了微生物，因為在『顯微鏡下看得到』。而異教徒就會和她爭吵，說水中住著仙女，還有涅瑞伊得斯和特里同[1]。他又不是瞎子，這些東西不需要什麼顯微鏡就能看見。這兩人都會震驚於彼此奇異的世界觀，並且相互否定，說不定還會用顯微鏡和水精靈溫蒂娜的毒爪互相攻擊！唉呀呀，好在人類那裡沒有有翅蟾蜍拉的四輪車！」

「你是對的，烏福，人類也沒有掛滿毛茸茸猴麵包樹的睫毛。雖然你挑現在跟我分享這些有點奇怪……」

{死了很久的人

{女巫}

相信眾多神祇的人，不要把他和成天吐舌頭嘲笑人的人搞混了。後者被稱為「孩子」。

{ 人類這樣
稱呼野獸 }

「那你知道嗎，我的朋友瑪律齊潘，人類對生命起源是怎麼想的？你不知道吧？這也是一個很好的例子。他們在好久好久以前就認定，生命歷經了從『草履蟲』到『多細胞生物』的漫漫長路，其中包括從猴子不明不白地變成有能力提出生命起源問題的『高度發展個體』。這個⋯⋯哇哈哈哈⋯⋯人類的理論到目前為止把另一個理論——也就是上帝用七天創造了世界的理論——打得體無完膚。想像一下，這兩種說法，比如說，對於普亞普印度人而言是多麼地震撼與矯揉造作！唉！按照他們的信仰，生命源自於宇宙巨人從腋下收集來的污垢，然後巨人把這些污垢捏成了地球！」

{ 人類這樣
稱呼自己 }

顯而易見，是一切東西的始祖。

「什麼？從腋下？」

「是的，從腋下！」

「嗯，《夢境之書》裡可沒有什麼『腋下』。」（拖長聲調）『世界的誕生是因為索福尼茲巴女神沒地方跳舞，於是，愛上了她、沉睡的格雷姆普夢見了宇宙之龍，龍的迷幻氣息生出了神奇虛幻的世界，其中包括我們的這個世界。』」

「還有人類的世界。」

（帶著車環的人）

「用石豆蘭治療時小心一點，這世上根本沒有人類！你只是腦子亂成一團而已！好好想想！一個腋下不可能有這麼多污垢，能搓出一片石頭森林來⋯⋯」

「瑪律齊潘，你又在胡言亂語了。」

「你開什麼玩笑，我可不會拎雞上梯子[2]！」

注：之後的爭吵不包含與人類有關的幻想。

P. S. 必須以花瓶、華夫薄餅和寬宏大量做成的果醬來安撫病人，《為蜘蛛國王灌腸》也派得上用場。

塔·謝利亞姆

[譯注]
1 涅瑞伊得斯為希臘神話中海洋女神的統稱，而特里同為海神波賽頓與另一位海洋女神安菲特里忒之子，為半人半魚的海洋守護者。
2 俄文中，「拎雞上梯子」（нестикурналестницу）與「胡言亂語」（нестикуралеситцу）相似。

Из-под мышки?

從腋下？

黃昏時
竊竊私語的仙女

Колдовские портреты

神祕的巫師畫像

在花園花盆裡偷聽到的故事

在人類的世界裡，一些五顏六色、尺寸不大的紙片極為貴重。這些紙片本身沒什麼用處，但隨時可以用它們換取有用的東西。因為人們相信，這些紙片是萬能的。

人類當然不是白癡，只是中了魔法的蠱。事情是這樣的，這些小紙片上都畫著萬能巫師的畫像。所畫的巫師愈有勢力，這張紙片就被認為愈有價值。這些巫師很凶惡，人們都很懼怕他們。所以人們會把這些小紙片藏起來，不輕易被看見。即使紙片皺成一團甚至破損了，他們也無法丟棄這些可怕的紙片。因為只要紙片在手，人們立刻會淪為巫師的奴隸。

巫師征服了人的意志，為了滿足自己的任性要求而奴役人類。巫師以降咒迷惑人類為樂，讓人們一心掛念著這些令靈魂呆滯的畫像，其他事什麼也想不了。為了獲取更多迷惑人心的小紙片，人們忘記生活，只有工作、工作，和工作，並且開始認為人生最重要的，就是擁有這些小紙片。於是他們把人生的各種希望擺到一旁，一心只想著如何獲得更多施過魔法的畫像。人們認為，以後可以拿這些紙片換取內心想要的東西。然而，結果不是這個「**以後**」永遠不會到來，人們將一輩子淪為這些陰險畫像的奴隸，就是他們內心早已忘卻了當初想追求的是什麼。巫師甚至可以迫使人們殺戮或做出各種瘋狂舉動。要是人瞬間失去所有小紙片，他很可能會結束自己的生命！

如果一個人擁有很多巫師畫像，出於恐懼，他不會把紙片放在家裡，而是放進特別的罐子裡鎖起來，讓它們遠離旁人貪婪的眼睛。人們也會在罐子裡裝果醬和醃黃瓜，這是專門用來混淆那些想竊取小紙片的人。然而，最聰明的小偷還是找得到罐子，只是根據行規，小偷必須拿著槍並戴上黑色頭套，才能從罐子裡弄走小紙片[1]。

[譯注]

1　俄文中「銀行」(банк)與「罐子」(банка)拼法相似，經常被用於存錢方面的笑話，
　　例如：俄國人不信任銀行，寧願把錢放在罐子裡。

人們雖然很害怕，但仍相信自己可以控制畫在紙片上的巫師。如果一個人拿出紙片給另一個人看，對方就會立刻變得很和善，否則紙片的主人可能會唆使巫師對他施展魔法。要是把小紙片交給另一個人，對方會給他一點東西作為交換，比如一顆糖果；如果用大量的紙片來恐嚇這個人，對方會因為害怕而交出整袋糖果。人們一旦拿到這些畫有巫師的紙片，就會急於想擺脫它們，跑去換點有用但比較沒那麼恐怖的東西。

所有人都害怕和尊敬那些擁有很多巫師畫像的人，因為相信這些人「無所不能」。但是，沒人看過這些「萬能的人」變成，嗯，這麼說吧，例如一條龍……

實際上，人類並未擁有任何能戰勝巫師的力量，他們的身心都被這些紙片操控了。人們不知怎地認為，不肯屈服於這些凶惡魔法的人，才是不幸的幻想家、傻子和遊手好閒的人。

布列克斯・布流赫特

宮廷漣漪觀察者，
吸菸者，和蹩腳詩人。

Ритуалы и обычаи

宗教儀式與習俗

摘自布列克斯·布流赫特
《普通人的生活》一書

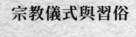

Тряхнуть стариной

甩動老人家

　　人們最常用來回憶過去的一種宗教儀式。為了達此目的，他們會在當地找一位年紀最大的老人，並且好好地甩動他[1]，希望從他身上掉出有趣的東西，好讓人想起自己從前做過什麼事。如果沒有掉出任何神祕的東西，就代表儀式失敗了。

[譯注]
1　俄文片語，原意為「重操舊業」，直接解讀字面為「搖動、甩動老頭子」。

真是豈有此理！

Зубы заговаривать

對牙齒下咒

預告不幸或災難的黑魔法儀式。當人不想對別人說實話時，就偷走對方的牙齒拿給薩滿女巫，女巫會對牙齒施展特別的咒語[1]。牙齒被下咒的人將永遠無法分辨實話與謊言。

[譯注]

1 俄文片語，有「東拉西扯、支吾搪塞試圖蒙混」之意，直接解讀字面意思為「對牙齒下咒」。

阿尼·貝尼
力奇·帕奇
沙皇
布爾·布爾
卡力奇
施馬奇
葉烏斯·捷烏斯
阿斯莫捷烏斯
波克斯

エNイ· БЭНИ
ЛИКИ·ПАКИ
ЦАРЬ
БУЛЬ·БУЛЬ
КАЛИКИ
ШМАКИ
ЭУС·ДЕУС
АСМОДЕУС
БОКЕР!

危險莫入！
內有殺人狂！

LEWIS

СТИХИ РУСАЛОК
ИСТОРИЯ ПАРИКОВ
ОПЫТЫ АЛХИМЕРИКОВ
БЕЗУСЫЕ КАРЛИКИ

《美人魚之詩》
《假髮史》
《煉金術士的實驗》
《沒鬍子的侏儒》

Кинуть на бабки

拋向老太太

假如人們想弄到更多巫師畫像，就會舉行這種神秘的黑魔法儀式。想要拋向老太太[1]，就得先找一個頭髮蓬亂的小夥子（簡稱傻帽）[2]，並把他扔向一群驚慌失措的老太太。拋向老太太的傢伙越多，人就能累積越多的巫師畫像。

Жаба душит

蟾蜍灑香水

[譯注]
1 俄文的「拋向老太太」此一詞組為江湖黑話，意思是「騙錢」或「搶錢」。
2 俄文的「傻帽」(лох) 和「毛髮蓬亂的」(лохматый) 有關。站在精靈的角度，大概因此誤以為被搶了錢的「傻瓜冤大頭／傻帽」一定是個「毛髮蓬亂的年輕人」。

頭髮蓬亂的小夥子

ЛОХМатый чУВАК
(сокр. ЛОХ)

КУ ЧА БАбОК

一堆老太太

Отбросить коньки

丟掉溜冰鞋

　　最神秘且無法解釋的宗教儀式。當人們丟掉溜冰鞋時，會有好多憂鬱的人穿著黑衣來觀看。這種儀式也稱為「巨馬」（很大的幼馬）或「巨馬的哀悼」[1]。

[譯注]

1　俄文中，丟掉溜冰鞋這個詞組亦有「雙腿一蹬翹辮子、噶屁」之意，而「溜冰鞋」的複數形式又與「馬崽、小馬」的複數形式相像，因此精靈全都誤解了。

Тянуть кота за хвост

拽著貓尾巴

　　人類的另一個古老習俗。當人不想做某件事情時，會表示抗議地一路拽著貓尾巴[1]。此時大家都明白他不想做這件事，於是人們便不再糾纏他。

[譯注]
1　俄文「拽著貓尾巴」一詞，又有「拖泥帶水、拖拖拉拉」之意。

КАК Я ЛУЖАНУЛСЯ！

唉！我又坐水窪了！

Сесть в лужу

坐到水窪裡

　　這個習俗可追溯到很久以前，當時有個非常嚴厲的國王，他讓所有犯罪者坐進一個水坑，水坑中央立著一根尖銳木樁。當然，這是很久很久以前的事了。如今，人們設置了專門的法律，以禁止那些最嚴厲的統治者施行分屍、輪刑和坐進水坑的酷刑。說實話，古老習俗的影響至今仍然很深遠。舉個例子，如果有人犯了錯或不能勝任某些工作，他還是會坐進水窪[1]，而且悶悶不樂。於是周圍所有人都會看到他羞愧的模樣，取笑他一陣子後，就原諒他的所有過錯。

[譯注]
1　俄文的「坐進水窪」一詞又有「碰了一鼻子灰、出糗」之意。

Откапывание собаки

把狗挖出來

　　人們超喜愛各種謎題。假如無法解開謎團，會認為附近一定埋了一條狗。在挖遍附近每一寸土地並找出那條狗之前，人們是不會冷靜下來的。找到之後，人們會大喊儀式用語「原來狗埋在這裡」[1]，而且非常高興。狗也會因為自己被挖出來了，而快樂地搖著尾巴。為了感謝人們找到牠，狗會吐露智慧之語，人們便獲得解開謎題的關鍵。

[譯注]

1　俄羅斯諺語，意即「原來問題的關鍵在這裡」。

2　學生對畢達哥拉斯定理（畢氏定理）的滑稽代用語，因為定理公式畫出來外形像一條短褲。

畢達哥拉斯短褲[2]——

從每個角度看都一樣！

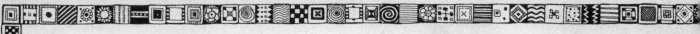

Дарёный конь

餽贈之馬

　　人類每年都要過生日。當天會有很多客人前來——大家一起吃蛋糕，唱一首關於笨拙的歌*。
客人經常會送壽星一匹馬作為生日禮物。人類認為注視禮物馬的牙齒是不祥的徵兆[1]，因為只要看
了馬的牙齒，身影映照在牠的牙齒上，此人就會消融在空氣中，人們永遠無法再見到他。於是大
家再也不贈送禮物馬了。

> * 「小馬是笨拙的、逐水草而居，是土耳其瀝青的代理人。」
> 人們是怎麼打聽到關於笨拙和生活在瀝青土耳其的少數民
> 族——這真是個謎！[2]

ГОСТЕЙ БЫЛО БОЛЬШЕ,
но те, кто посмотреА
в зубы коню, исчезли
даже с рисунка!

來參加的賓客原本更多，因為看到馬牙齒的人會立刻消失不見！

[譯注]

1 本篇乃是由俄國諺語「餽贈之馬莫看牙」（Дарённому коню в зубы не
смотрят！）所衍生，意為「不要挑剔白白獲得的東西」，也有「禮輕情意重」之意。

2 文中所指笨拙的歌，其實是動畫《大耳查布》裡著名的插曲〈鱷魚格納之歌〉，原詞
為「就讓行人笨拙地跑過一個個水窪，讓水像小河那樣跑過柏油馬路」。作者為表現
精靈聽歌時因不了解詞意，而誤把音節按演唱旋律錯開重組，故造成文中牛頭不對
馬嘴的語意，亦類似中文標點符號放錯位子便產生截然不同語意的情況。

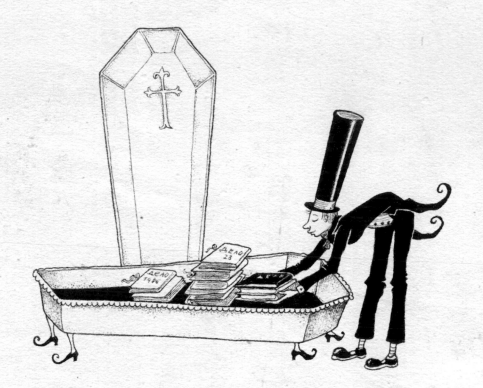

Откладывание в долгий ящик

放進箱子裡

人們會把他們想留到以後——死了之後——才想做的事放進長長的箱子裡[1]。當事情在箱子裡放得夠久後，就得在上面立一個十字架，以免這些事情從箱子裡爬出來，再次叨擾人類。

[譯注]

1 俄文中，將事物擱在一邊放著，亦有「儲藏」、「拖延」之意。

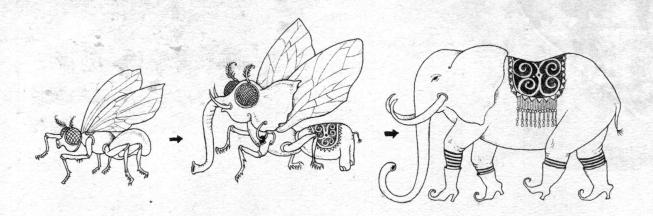

Делать из мухи слона

蒼蠅變大象

　　把蒼蠅變成大象[1]是種複雜的煉金術。
當某個人想引起別人的注目，就會進行這種
古老儀式。要是一個人帶著一隻蒼蠅上街，
可能沒有人會發現；如果他牽著的是一頭大
象，所有人都會發現。

[譯注]
1　俄羅斯諺語，意思是把蒼蠅說成大象，小題大作，
　　誇大其詞。

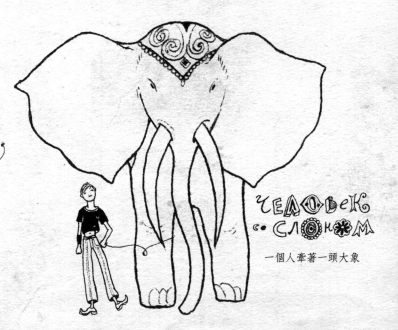

一個人帶著一隻蒼蠅

一個人牽著一頭大象

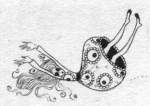

Выбросить из головы

從腦袋裡扔出去

　　人的腦袋像一個籠子，各種想法像小鳥一樣被監禁其中，不斷發出刺耳的聲音干擾他。所以，有時候人需要打開籠子，把那些讓他不得安寧的東西放出來。舉例來說，一個人把所有的女人從腦袋裡扔出來，而這些女人掉出來之後會發生什麼事我們不得而知。為了讓自己感到全然的幸福，人們需要不斷清理這個籠子。人們經常會相互說：「把所有東西扔出腦袋！」[1] 這個句子有著深刻的儀式感，因為很少有人能成功地把**所有東西**從腦袋裡扔出去。要想做到這一點，需要很長的時間，或許要花上一輩子。

掛在一根頭髮上[3]

向左走，
能找到蝸牛。
向右走，
菸盒就不見！[2]

他的心上壓了塊石頭

[譯注]
1 俄語的習慣用法，意思是把什麼東西忘掉，置之腦後。
2 比喻猶豫不決，不知要往東還是往西，所以心情沉重。
3 此一慣用語的引申涵義為「千鈞一髮」。

Намотать на ус

綁在鬍子上

這是人們想要記住一件事時所進行的日常儀式，只需把想記住的一切纏繞在鬍子上就行了[1]。年輕人的記憶力比老年人好，所以年輕人通常不留鬍子。孩子壓根就不長鬍子，所以他們擁有非凡的記憶力。隨著年紀漸長，人的記憶力也會變差，而人的年紀愈大，鬍子也愈厚長，就能纏繞更多事情。到了老年，人的鬍子上會纏著好多東西，以至於連門都穿不過去！人們經常無法從纏在鬍子上的這一大堆紙條中找到他需要的東西，或者開始搞混，這種情況叫作「衰退」。

[譯注]
1 俄語的習慣用法，意思是把事情牢記在心。

121

仙女睡蓮

暮色香氣的芭蕾舞劇編導，
蘆笛吹奏治療相關著作的作者，
一千零一張蜘蛛網織成的
城堡女主人。

Музыка

音樂

仙女睡蓮的故事

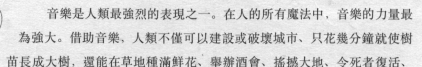

音樂是人類最強烈的表現之一。在人的所有魔法中，音樂的力量最為強大。借助音樂，人類不僅可以建設或破壞城市、只花幾分鐘就使樹苗長成大樹，還能在草地種滿鮮花、舉辦酒會、搖撼大地、令死者復活、讓敵人不能動彈、治癒重病、把理智引向歧途、用紅寶石刻出雕像，甚至召喚太陽、雨水或龍捲風。人類音樂的力量真的很驚人，但更令人吃驚的是，人類對此毫無所知！

這一切彷彿在說，人類只是為了自我滿足而創作和聆聽音樂！

假如仔細觀察人類是如何演奏可以修建富麗堂皇教堂的旋律，然後又突然轉入另一種能徹底摧毀這座教堂的旋律，就很容易理解了。這種情況很常見，人類可以用歌聲召喚出一大堆寶藏，而歌曲結尾的和弦又會把寶藏變成沙子和貝殼。此外還有這種現象：幾百人去聽音樂，因為音樂而長出了尾巴和犄角，然後他們回家、到人多的地方或與戀人約會，大家卻假裝根本沒有尾巴和犄角。

然而，人並不是永遠看不見音樂的影響。人們曾在音樂的幫助下建設城市、用音樂治療病患。有些人（例如歌德、謝林）曾寫過這樣的話：「建築是凝固的音樂。」有位德國作家弗列茲‧朗（Franz Lang）在自己的著作《人類激情的劇院》中感嘆道：「人類對天使的音樂關上了耳朵。要承認這點著實慚愧！音樂甚至對微不足道的擦傷都起不了作用。」在人們奉獻給過往時光的大教堂裡（這是在莊嚴的沉默中保存被人遺忘物品的處所，人們在物品旁的紙條寫下「這是什麼？屬於誰？為什麼需要這個？」），可以找到許多借助音樂製造出來的驚人物品，諸如：聖杯、吊燈、聖體匣、珠寶盒、燭臺、連身裙、掛毯、櫃子，多得數不清！教堂裡還保存許多有關樂器的記述，這些樂器會強迫人跳舞跳到累倒或落淚為止。

這一切都如此久遠，以至於已在人的腦海裡化為童話和民間故事。當然，這並不代表音樂就此喪失了力量，只是這股力量被神秘地藏匿在人們目光無法觸及之處。

這個關於音樂失去力量的故事很陰鬱，但也十分浪漫。在人類歷史的中世紀時，不知名的抒情詩人薩托爾騎士為自己的戀人——市集木偶戲演員的女兒——美麗的富克西婭譜寫了一首秘密歌曲。歌曲旋律是如此優美，連地底下最珍貴的寶石和金子都被吸引了出來。就在歌詞流淌之際，不知從哪冒出來一群小小音樂家，應許富克西婭的任何願望。當歌曲結束時，這些生物全都消失不見了。

但是，這位美女的所愛其實另有其人。這人長得並不好看，他是稅吏的平庸兒子。薩托爾懷著極為強烈的羞辱之意，對城市鐘樓旋律中的幾個三度音下了「妙音毒」，於是每到夜裡，好色的魔鬼總會出現並騷擾女人，人們為此把這些女人燒死或丟入池塘溺死。但富克西婭對巧妙的毒藥卻沒有任何感受，

仍若無其事地準備與稅吏的兒子舉辦婚禮。

　　婚禮當天，薩托爾戴著野台戲小丑的面具混進婚禮現場，並希望致贈禮物給新人。那時候，人們經常在受贈者面前現場創作音樂作為禮物。所以，當這名小丑把牧笛放在唇上時，誰也不會感到驚訝。甚至當所有人在他的演奏下翩翩起舞時，都還在盡情作樂。後來人們稱這支舞蹈為「死亡之舞」[1]。所有參加婚禮的人都在當天告別人世，連他們的親戚和鄰居也死了。有毒的旋律透過城牆向其他城市蔓延，直到死亡之舞籠罩了周圍的一切。只有對音樂愚鈍的人活了下來：他們雖然聽到了，但既看不到，也感受不到它的影響。從那時起，人們便養成對音樂無感的習慣。

[譯注]

1　十四世紀後，西歐文藝、繪畫作品中出現的主題，寓意人生無常及人終究一死的命運。

用音樂製成的東西

1. 鈕扣。由金子、短笛演奏的練習曲製成。

2. 雞蛋托盤。由銀子、法國號演奏的協奏曲製成。

3. 牆壁吊飾。由黃金、珍珠、大鍵琴演奏的夜曲製成。

4. 鏡子。由銅、掐絲工藝品、大提琴演奏的組曲製成。

5. 盤子。由陶瓷、單簧管演奏的軼歌製成。

6. 剪刀。由鋼、帶小鈴鐺的鈴鼓伴奏的歌曲製成。

7. 花園裡的花盆。由大理石、管風琴演奏的即興曲製成。

富克西婭與小小音樂家

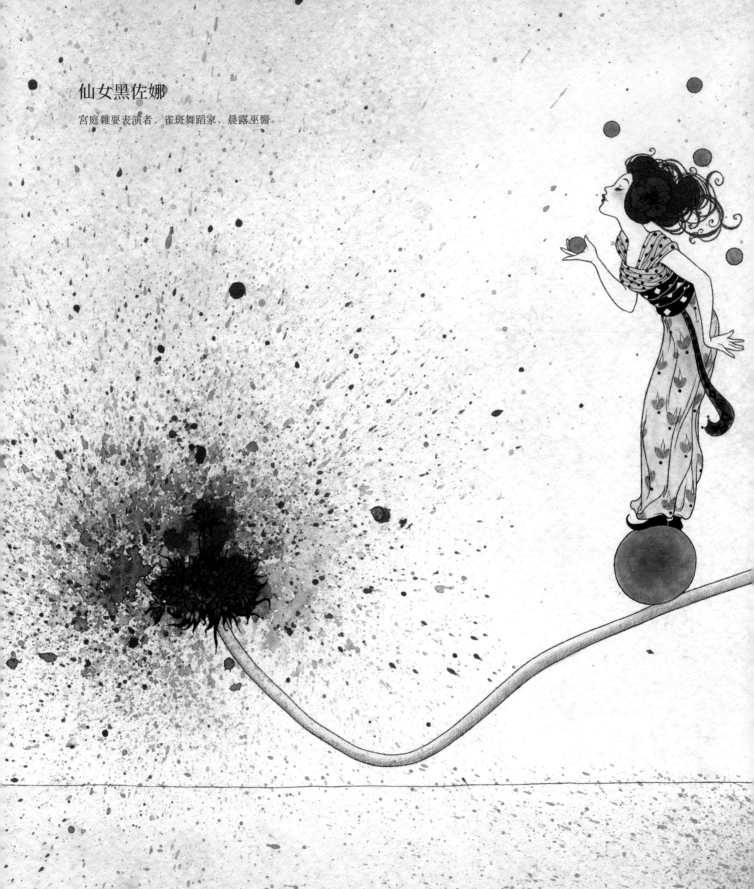

仙女黑佐娜

宮庭雜耍表演者，雀斑舞蹈家，晨露巫醫。

Про работу людей

關於人類的工作

摘自仙女黑佐娜的人類觀察日記

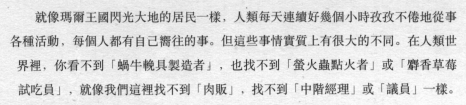

就像瑪爾王國閃光大地的居民一樣，人類每天連續好幾個小時孜孜不倦地從事各種活動，每個人都有自己嚮往的事。但這些事情實質上有很大的不同。在人類世界裡，你看不到「蝸牛輓具製造者」，也找不到「螢火蟲點火者」或「麝香草莓試吃員」，就像我們這裡找不到「肉販」，找不到「中階經理」或「議員」一樣。

人類把這些事情叫做「工作」。他們每天「上班」，只有「週末」（放下工作）才待在家裡。

有的工作是很明確的，例如「麵包師傅（烤麵包的人）」、「外科醫生（修理別人的人）」或「修車師傅（修理巨大鐵甲蟲的人）」。而有些工作的意思只有人類自己才能理解，比如「保險專員（整天坐在閃光箱子前的人）」、「銀行職員（整天坐在閃光箱子前的人）」或「行銷顧問（整天坐在閃光箱子前的人）」。有些稱號很迂迴，讓你搞不清楚那些人在做什麼，比如「公關專員」、「副總務長」或「行銷企劃經理」。

人類會將自己的頭銜寫在一張長方形紙片上隨身攜帶。遇到陌生人時，他們會相互出示紙片，有時還會交換紙片作為紀念。

右邊的圖片就是「保險專員」與「銀行經理」在交換紙片。

仙女弗拉姆博伊婭

索福尼茲巴女神的侍女，
無所事事的大師和
娛樂活動群島管理人。

Танцы

舞蹈

摘自仙女弗拉姆博伊婭的信件（附圖片）

人類的舞蹈完全不是我們所理解字面上的意思，既不是在蘆葦上盤旋，也不是在平滑水面上描繪出雲朵輪廓，更不像在模仿大黃蜂的風中飛行。在露珠上跳著那再平凡不過的鵰䴗輪舞，更是絕計不可能發生。人類不像童話中描述的那樣，會赤腳在雨水坑裡跳舞。人類不會乘著秋葉遊玩，也不會在空中劃出別出心裁的舞步。

還有一個重要的不同點：跳舞的人落腳的地方不會長出任何東西。不論是毒蘑菇、風鈴草，還是莓果，什麼都不會長！那他們為什麼要跳舞呢？關於這點實在很難說清楚……總之人類跳舞不是為了種植食物——這是千真萬確的。既然如此那又何必呢？真是沒有道

理！舞蹈，是開始的開始，跳舞的索福尼茲巴女神腳落下的地方，會出現土地並長出最初的花朵和果實。舞蹈，也是基礎的基礎、原因的原因，以及快樂的快樂。這是仙女和小精靈的主要工作，沒有他們的勞動，植物就不會開花，樹葉就不能呼吸，樹也無法長出樹枝。

令人驚訝的是，人類也有各式各樣的舞蹈。我們這裡有使曼陀羅花生長的飄飄然之舞，有促進玫瑰花生長的玫瑰刺舞，一切都很簡單明瞭。雖然人類也有各式各樣的舞蹈，但跳舞之後卻什麼都長不出來，不論是踏步、跳躍，還是旋轉，什麼都長不出來！人類有時候甚至會聚集在大禮堂裡，打開震耳欲聾的音樂，大家一起跳到筋疲力盡。他們常常通宵達旦地跳舞，但還是什麼也跳不出來，哪怕是一根草都沒有。

這種情況下，人類的團體舞可不像皮克西妖精的後空翻。人不會聚合成五顏六色的旋風，也不會像葡萄藤一樣盤繞著伸向天空，而只是像……隨著音樂晃動。

更奇怪的是，人們會獨舞，而且跳舞速度慢得不可思議。獨舞還不算什麼，更常見的是男人和女人成對跳舞。他們轉動著，就像楓香種子般地盤旋落下，或向四周伸出自己的腳和手，或揪住彼此，半彎著腿來回走動，腦袋還轉來轉去——一下往左，一下往右，看起來真是非常好笑！

有時他們只是站得很近很近，溫柔地擁抱並搖擺，有如波浪上的天空。他們似乎也是這麼夢想的。

«кружатся, как падающие кленовые семена»

「轉動著，就像楓香種子般盤旋落下。」

「抓著手，
半彎著腿來回走動，
腦袋轉來轉去：
一下，又一下地。」

「ходят
на полусогнутых,
схватившись
за руки,
и головой
вертят так:
раз-раз»

「向四周伸展雙腳和雙手。」

«разбрасывают
в стороны
ноги и руки»

О шапках-невидимках

關於隱形的帽子

仙女巴克布克在襪子裡找到的紙條，作者不詳。

ВСЕ люди ходят в невидимых шапках. Да. С одной стороны эти шапки вытканы серафимами из сущей красоты мира, а с другой — устланы иллюзиями и мрачными наваждениями — их для каждого человека вышивают его личные демоны.

Такие шапки-невидимки называются у людей настроениями. Картины в них всё время меняются, поэтому нет ни одного одинакового настроения. Шапка, надетая заблуждениями вовнутрь, обладает могущественным и коварным колдовством. Она затуманивает взор человека суетой сует и скрывает от него совершенство мира шелухой вещей. Тоскуя по несбыточному, человек перестаёт замечать, что каждый день сбывается какая-то мечта. Человеку в вывернутой наизнанку шапке темно и сумрачно, как за непроницаемой вуалью Храма 16 тайн. Это у людей называется плохим настроением.

Все занятия вызывают в душе человека мучительное неудовольствие. Всё, что представлялось ему важным, вдруг становится пошлым и ничтожным. Человеку кажется, что у него ничего нет, что он глуп, бездарен, смешон и бессмыслен. Шапка налазит ему на глаза: он видит только собственные страхи и блуждает в лабиринтах своих иллюзий. Он перестаёт ценить и видеть то ювелирное существо, которым создали его боги по Единственному в мире Лекалу. (Лекало немедленно скормили небесному крокодилу вместе с закатившимся солнцем, чтобы никто не мог больше повторить столь невероятной и затейливой красоты.) Его волнует тёмное чувство, что где-то и когда-то должна была исполниться высокая, неземная мечта, которой так заслуживает совершенство его души. В этом томлении по чему-то неведомому и невысказанному ему кажется, что жизнь протекает зряшно и пустяково, как вода в разбитом фонтане.

Потом однажды, повинуясь таинственным чарам, человек выворачивает шапку во сне, или кто-то делает это для него, пока он дремлет в сумрачной хризалиде собственного морока. Тогда человек меняется до неузнаваемости, будто вылупился из кокона ослепительной бабочкой. Его охватывают восторг и необъяснимая радость жизни. Музыка стекает с невидимых смычков прямо в раскрытую чашу его души; мир представляется ему совершенным и грандиозным. А сам он — будто остров посреди этого мира, жемчужина, созревшая в створках сомневающегося, исполненного химер тела. Это называется хорошее настроение.

Причины, по которым человек выворачивает шапку туда-обратно, не поддаются объяснению, но подчиняются лишь капризу и тому тонкому и хрупкому механизму, что смешивает волшебные зелья и страшные яды в филигранной чаше его души.

　　人類都戴著一頂隱形帽子，帽子的其中一面，是由撒拉弗[1]以世界純粹的美好羅織而成；另一面則充斥著錯覺和黑暗魔力，由每個人的心魔編織而成。

　　人類稱這些隱形帽子為「心情」。帽子裡映現的影像瞬息萬變，因此每種情緒各異。將謬誤之面朝內戴的帽子具有強大而詭詐的魔法，它會以俗世虛空蒙蔽人的雙眼，以物質世界的表象掩蔽這世上的美好，使人開始嚮往無法實現的渴望，並忽略每天都被實現的夢想。將謬誤之面朝外戴的人而言，世界黑暗且陰鬱，眼前彷彿罩上一層看不透的「十六秘密廟」面紗。人類稱這樣的狀態為「壞心情」。

　　所有的事情都在人類內心掀起一陣痛苦難耐的不滿，曾經重要的一切突然變得庸俗且毫無意義。人們會覺得自己一無所有、既愚笨、平庸、無知又可笑。帽子遮蔽了他的雙眼，使他只看到恐懼，迷失在由己身妄想構築而成的迷宮裡。他否定自我的價值，不再把自己視為上帝們照著世上「唯一模型」所創造的精美造物（模型立即和落日一起餵給了宇宙大鱷，以確保無人能複製如此不可思議又極度複雜精細的美好事物）。這種黑暗的感覺困擾著他，覺得自己那崇高、超凡的夢想應當在某處或某個時刻得到實現，因為他的心靈已臻完美。在這樣的惶惶不安之中，因為某種玄妙難解又無以言喻的緣故，他覺得生命就像破敗噴水池的水那般，徒然而輕易地流逝了。

　　之後有一天，人受到某種神秘魔法的驅使，在睡夢中將隱形帽子翻了一面，或者有人趁他沉睡於幽暗之蛹的恍惚之際幫了他一把。於是這個人變得讓人認不出來，宛如破繭而出的耀眼蝴蝶。他沉浸在欣喜之情與生命無法解釋的快樂裡，從無形的琴弓射出的音樂流淌至他敞開的靈魂聖杯，世界看來美好而宏偉，而他是這完美世界的一座島嶼，是一顆從自我懷疑和裝滿白日夢的身軀中蛻變成熟的珍珠，這就是人們所謂的「好心情」。

　　無論只是出於任性，還是那幽微脆弱的機制使然，而使魔法藥水和可怕的毒藥混合在他們微妙的靈魂聖杯中，總之，人們把帽子翻來翻去的原因無人知曉。

[譯注]
　1 Seraphim：音譯為「撒拉弗」，有時也譯為「熾天使」，是神的使者中的最高位者，無形無體，但可有多種具象化身，是純粹的光和思考的靈體。

「遊走森林」的女巫

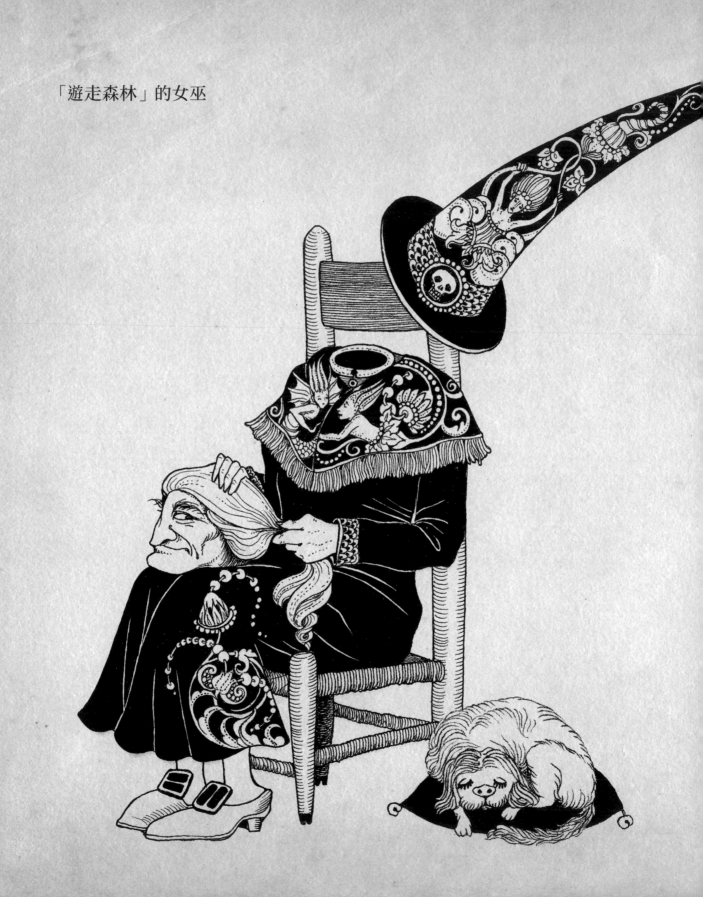

Отчего люди плачут и смеются?

人為什麼要哭和笑？

摘自《不快之事百科全書》

Любезный господин Кхафт!

親愛的克哈夫特先生：

我燒了您寄給我媽媽的全部信件，因為事實上，您不見得想出現在這裡，這點我可以向您保證。媽媽和姊姊們在把客人吃下肚飽餐一頓之前，會找各種樂子來打發無聊：她們整夜騎著客人不停地飛，或把他變成海狸再來獵捕；她們也會釋放大量的催眠迷霧，讓這個不幸的傢伙陷入深深的遺忘之中，並在餵過麻醉草藥後把他活埋在地底，讓他慢慢死去。

我確實不懂這些快樂，可能因為我畢竟只是半個仙女。所以請您停止追尋遊走森林，並別再把信件留在樹樁下、在罌粟花瓣或瑪爾王國的蛛網城堡裡。之所以被稱為「遊走森林」，是因為人們見到它之後，也不會知道這座森林會以何種路徑通向何方。沒有人可以隨心所欲來到遊走森林，除非得到媽媽──人稱「無頭女巫」──的特別邀請。腦筋清楚的人很少會想獲得這種邀請。一開始，她會心平氣和地將自己的腦袋放在膝蓋上，一邊梳理著頭髮，一邊問你各種問題……然後，殷勤的款待到此就結束了。而你最好別知道被邀請到遊走森林的人之後經歷了什麼。

您想聊聊我們到人類世界的旅行？我會告訴您的！一百年來，媽媽、姊姊們和我一直在撰寫一本關於石頭花國度的著作，這本包羅萬象的書就叫做《不快之事百科全書》。這是一部很有用的書！待書完成後，我們就會向瑪爾王國的居民公開一份詳盡的災難清單，裡面列有若到了人類世界去，可能會降臨在他們身上的苦難！舉個例子，如果仙女或小精靈想在人類世界飛行，可能會遭遇九萬八千六百七十五個不幸事件。想預防其中的多數災難？嗯……假使沒有這本百科全書，很少有誰能從石頭森林完好無損地歸來。

就拿飛行來說吧！人類把我姊姊放在篝火上燒過八次了，就只因她會飛，會跟動物說話。在人類世界裡，這是不被允許的事！還有一次，姊姊把一個人變成小鳥──她只是想讓這個人體驗快樂的事，但她再次被抓去燒了。無論如何人類都不允許把別人變成另一種東西。

另一個不能犯的錯誤（我自己就曾經歷過），就是在葬禮上笑。人類的葬禮有點像仙女的葬禮。仙女葬禮是什麼樣子呢？我沒參加過誰的葬禮，因為媽媽不讓我離開遊走森林，但我在一本書上讀過。書中說，仙女不會因為衰老和生病而死，就只是消失。仙女可以變成任何生物，甚至可以變成類似變形人或我們這種女巫，這對任何精靈來說都不是秘密。但仙女每次變回真實原形時，她們的尺寸都會略微縮

小。隨著時光流轉，這些難以察覺的變化將使仙女直接蒸發不見。這時候，大家就會把對她的看法放進一個空的蝸牛殼裡，埋葬在玫瑰花瓣中。在出殯行列裡，大家會跳舞，並且開心大笑。

但人類那套和這幾乎一樣卻又全然不同！他們活著活著，某一天躺下來後，便不再活動和呼吸，從此再也不會起來。他們被裝進一個箱子，其他人由於害怕便開始哭泣，因為一個人不能再動這件事非常可怕。人們很奇怪，關於死人復活的說法使他們既恐懼又著迷。總而言之，在人類葬禮上嬉笑和跳舞是一種不好的行為。

《不快之事百科全書》收集了人類的所有傷心事，從「全球暖化導致生命滅絕」到「袖子被門把勾到導致釦子掉了」都一應俱全。我拷貝了其中一頁，附在給您的這封信裡。

希望我們永遠不會見面。

女巫埃茲魯莉婭

無頭女巫的小女兒，半個仙女

ПОХОРОНЫ ФЕИ

仙女的葬禮

不快之事百科全書

K蚊子不讓人睡覺。核子毀滅地球。電話斷線。氣球飛走了。上電視時玻璃眼珠掉出來。私人理髮師辭職。看到喝醉的驢子吃無花果時，笑到心臟病發作。海嘯。肉壞掉了。地板塌了。幾百人在鐵路事故中喪生。褲襪破洞。在蛇王巴西利斯克[1]的凝視下變成石頭。彗星撞地球。戒指上的鑽石是贗品。發情的貓在窗戶下嚎叫。地殼底下的天然氣用盡了。酸奶油沒了。前男友的新女友既漂亮又聰慧。肉排燒焦了。戰爭與屠殺。行李遺失了。被餐

雞蛋壞了

廳服務生忽略了半個小時。中了兩百萬美元的樂透獎券放在牛仔褲口袋裡洗破了。百頭蛇長著有魔力的爪子，一摸就能在被砍掉頭的地方長出新的頭。搖晃過的可樂在開瓶時噴出來。地球自轉軸偏移了。

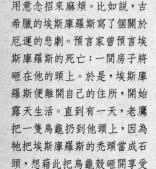

人類特別會招惹麻煩，尤其是用意念招來麻煩。比如說，古希臘的埃斯庫羅斯寫了個關於厄運的悲劇。預言家曾預言埃斯庫羅斯的死亡：一間房子將砸在他的頭上。於是，埃斯庫羅斯便離開自己的住所，開始露天生活。直到有一天，老鷹把一隻烏龜扔到他頭上，因為牠把埃斯庫羅斯的禿頭當成石頭，想藉此把烏龜殼砸開享受美食。

[譯注]

1 巴西利斯克（basilisk）：又稱翼蜥，傳說為蛇類之王。身上帶有劇毒，能立刻致人於死，牠的凝視同樣能讓人致命。據說巴西利斯克由公雞所孵化的蛇蛋而來，因此牠也被描繪為有著蛇尾巴和牙齒的公雞。

2 不死卡謝伊是俄國童話中的邪惡巫師，外表為一個皮包骨的老人。卡謝伊的生命泉源放在一顆蛋裡的針尖上，只要把針折斷，卡謝伊就會死亡，否則刀槍不入，怎麼殺都殺不死。

失敗的肖像畫

掉頭髮。被美人魚搔癢致死。客戶沒付錢。腳麻。飛機被劫持。裝有不死卡謝伊[2]生命泉源針頭的蛋，被貪吃的侏儒當作早餐吃掉了。衣服的荷葉邊卡到樹枝。水的味道喝起來完全不像水。大風把雨傘吹翻了。火災。找不到「我的小說」的檔案夾。一條腿一夜長了十公分。蟾蜍不會變成公主。喜愛的歌曲被拿來當作廁所芳香噴霧劑的廣告曲。朋友和家人發現了真相。考古學家偶然間使古代超級好戰的種族復活。媽媽心愛的小雕像在用沾了肥皂水的棉棒清洗時，斷了一隻手。饑荒。搬家。狠毒的繼母把王位繼承人關進監獄折磨至死。世界末日論是真的。女友傳簡訊來說一切都結束了。決鬥。喝醉的刺青師。有毒的水井。新郎沒參加婚禮。噩夢。整修前女友知道怎麼操弄巫毒小人。黃金變成了瓦片。

釦子扣錯了

心愛的狗長得跟陌生人一模一樣

С сердечным приветом
из Блуждающего леса!

來自遊走森林的親切問候！

P.S:

Я подумала, что вам
будет интересно не только
отчего люди плачут
и расстраиваются,
но и прямо противоположное.
По моим наблюдениям,
смех у людей вызывает
всё то же самое, если только
это происходит не с ним,
а с кем-то другим.

Эзрулия
(наполовину фея)

P.S：我認為你會感興趣的不僅僅是人為什麼會哭泣和難過，還
有那些正好相反的情緒。根據我的觀察，上述所有的事情只要
不發生在自己身上，而是發生在別人身上，都令人覺得好笑。

埃茲魯莉婭（半個仙女）

埃兹鲁莉娅

Часть 4

Язык людей

第4章 人類的語言

語言是人類與我們有所區別的驚人現象。瑪爾王國裡有大量的方言：仙女和小精靈用舞蹈、花朵和香味的語言交流，小矮人用石頭和寶石的語言交流，水精靈溫蒂娜用魚的神祕語言交流，火精靈蠑螈用火焰的語言交流……多不勝數。但人類只用我們在書中才使用的詞彙語言交談。在石頭花國度裡，幾乎所有人都不知道還有其他能描述世界的語言，儘管線索無所不在——在甲蟲和蜻蜓的翅膀上、在雪花中、在水晶裡、在草莓的剖面裡、在羽毛和鱗片的光彩色澤中、在各種情況和睡夢裡，到處都是語言。

這些和其他我們已知的世界語言，人類當中只有兒童可以理解。世界就像往漏斗裡倒東西一樣，給孩子灌輸著豐碩、美好的和難以用語言表達的東西。簡直就是奇蹟。

仙女阿馬利利斯

果核香水瓶的製造者，
青蛙交響曲樂團指揮。

關於這個話題，我們來看看仙女阿馬利利斯在自己的《人類觀察日記》裡都寫些什麼：

孩子愈小，掌握的語言就愈多。孩子總是努力學習描述世界的密碼：他們觀察太陽光影的遊戲，分析花蕾如何慢慢膨脹，牢記每天的日落，研究各種花芯和蝴蝶翅膀，用秋葉落下的軌跡占卜，讀著燕子在天空中用象形文字寫成的仙子之書。

當然，小小的人類根本還不會用詞彙語言說話，否則他們肯定會說出一大堆大的人類還沒準備好要聽的東西。當其他語言從記憶中消失時，話語的能力就會來到孩子身邊。

人類認為孩子是逐漸學會說話的：一開始是簡單的詞彙，再來才是複雜的字詞，然後將它們放在句子中。孩子開始閱讀，發展想像力和思考圖像的能力，直到終於學會使用諸如「優先」和「權威性」這些艱澀的詞彙。這時他們的耳朵和眼睛，對魚類和鳥類、花朵和樹葉、甜甜的糖果和黃色彩色筆是封閉的。孩子學得愈多（當然，是就人類的觀點），就愈快忘記自己已知的東西。為了讓他們回想起來，應該把所有的書從最後一頁開始翻起，好擦掉已寫下的全部文字，忘記所學過的一切，模糊那些原已清楚明白的事物。

Сны наяву

白日夢

在人類的語言中，詞彙就像自古以來湧向海岸的海水一樣多，可是這些數不清的詞彙仍然還有那麼一點點不足，讓人與人無法互相理解。詞彙所表達的只是思想的一部分，而且是最不重要的。

關鍵在於，詞彙語言會使人做白日夢。聽到或讀到某個詞彙時，每個人的腦袋裡都會蹦出一幅圖畫，甚至是整個事件，就像瞬間的戲劇表演。這些詞彙會引人進入短暫的夢境，就像雨滴落下那麼快，而這些夢都只屬於他自己的。

例如，有人說了「三明治」這幾個字，某人就可能會「夢見」郊遊時的早餐、花朵和青草的味道、陽光灑落在清晨波光粼粼的水面上，和倚靠在溫暖柔滑肩膀上的感覺；另一個人則可能會「夢見」父親拿著皮帶，因為他在門口暖氣管後面發現被丟棄的學校營養早餐。

盡管人是睜著眼睛說話，詞彙引發的夢境時間持續不到一秒，瞬間就會被另一個夢境取代。誰也不知道另一人夢見什麼，但所有人都裝模作樣，彷彿彼此相互了解。

摘自夢中所讀之書

我們每個人在這個世界上都是孤身一人。每個人都被囚禁在銅塔中，只能透過各種符號與自己的同類交流。但符號對所有人來說都不一樣，所以它們的意義才會模糊不清。我們拼命想把心裡的珍寶轉送給別人，對方卻不知道該如何接受，所以我們在人生的道路上踽踽獨行。我們和其他同伴並肩同行，但步調無法一致，不能理解他人，也不能被他人所理解。我們就像那些住在異國卻不懂那個國家語言的人——他們很想說出很多美好、深刻的想法，但注定只能說出從會話課本摘錄出來的刻板句子；他們腦子裡徘徊著一個比一個有意思的想法，但只能說出：「我們園丁的姨媽把傘忘在家裡了。」

威廉・薩默塞特・毛姆

特盧馬奇－娜塔莉雅・漫（請見下頁）

Тлумачи

棒棒糖──太陽嫁給了糖果。
лединец──это солнышко. Замужем за сахаром.

俄國詩人安德列‧謝-謝恩科夫的詩作

特盧馬奇

如果沒有特盧馬奇，真不知道對文字的忠誠和對其他語言的鄙視會把人類帶往何處。特盧馬奇負責把世界上美好和異想天開的事物翻譯成文字。這類人被稱為詩人，他們的譯作則稱為詩。

儘管詩由文字編織而成，但詩對人類來說通常不具意義。然而，詩如果真的翻譯得很好，就能在人類的心靈上鍍金，彷彿聖潔的索福尼茲巴女神在跳舞時，拿著柔軟的朱鷺羽毛扇子滑過胸口。

СТРЕКОЗЫ

КРОХОТНЫЕ русалки ВОЗДУХА

空中的小美人魚──蜻蜓。

安德列·謝-謝恩科夫
的詩作

С уста в злоте — средь
шелковистых тесьмы,
дымного ФЛЁРА, зелёных
бархаток и кристаллических дисков,
чернеющих, точно бронза на солнце,
вижу я, как раскрывается
НАПЕРСТЯНКА
на ковре филиграней из серебра, глаз и
локонов. Монеты жёлтого золота, рас-
сыпанные по агату, столбы акажу,
несущие свод изумрудов,
букеты атласные в белом
и тонкие лозы рубина
обступают кольцом у влаги
будто некий бог
снежные формы, огромные голубые
глаза — море и небо к террасам
мрамора влекут толпы юных и
пышных роз

法國詩人阿蒂爾·蘭波的詩作〈花朵〉（Fleurs）
B·M·科佐沃伊—譯

我在金色階梯上，從絲帶、灰色紗羅、綠天鵝絨和陽光下宛如青銅般變暗的水晶圓盤間，看見毛地黃在以白銀、眼睛和一綹綹頭髮織成的金絲地毯上綻放。撒落在瑪瑙上的黃金錢幣、桃花心木支撐的祖母綠穹頂、白色綢緞織成的花束、紅寶石藤蔓，環抱簇擁著鮮嫩欲滴的玫瑰。海洋與天空，一如有著巨大藍色眼睛和雪白身軀的神祇，吸引著一叢叢馥郁芬芳的玫瑰，來到大理石露臺上。

Язык влюблённых

戀人的語言

戀人也是個例外。
只要他們開口說話，就
會發生倒楣的事。這是
因為對他們來說，言語
是被施了魔法的。無人
知曉的魔法巧妙地替換
戀人即將出說口的話

語，準備好的詞語經常變成真實的物體，比如說變成棍
子，難怪人們常說「像釘了木樁一樣」來表示動彈不得。

沒說出口的詞彙也會隨意變成別的東西，例如貝殼
和荊棘、寶石和玫瑰，這樣真的比較輕鬆嗎？人怎麼能坐
在那裡，滿嘴都是寶石和玫瑰？人們經常因為不好意思而
想鑽進地底，不過，這當然是辦不到的。

坦傑羅博布斯在他關於人類解剖學的著作中，對於戀人在用詞方面的困難做出以下解釋：「當戀愛中的人想說出什麼的重要的事，心臟就會變大，會加速跳動並阻礙呼吸。人類的心臟劇烈跳動，就像裡面有隻瘋狂的松鼠正在踩滾輪。愛情的詞彙會直接從心臟長出來，但人們卻說不出口，然後這些話語就會，嗯，比如說，長成一棵樹……」

假如戀愛中的人想說「我好想你」，這個簡單的句子會在他的嘴裡化成一座巨大的哥德式城堡。你瞧！他就那樣坐在那裡，滿臉通紅地喘著氣，女孩在他面前等著，但有用的詞彙他一個字也說不出口，女孩就生氣了。戀愛中的人有時會試圖用極其講究的臺詞來搏得對方注意，例如「我想說的並不是這……我想說的其實是……一般來說，這、這……不重要啦……」，結果就卡在一堆笨拙的話語中，就像蒼蠅撞上蜘蛛網一樣。

在這之後，他們沉默許久，覺得自己成了令人難以忍受的討厭鬼。他們明白拯救這次約會的機會正分分秒秒地消逝，外表雖然裝作若無其事，內心卻強烈盼望奇蹟出現。他們訕訕然地道別，但幾個小時後，又會打電話給彼此，試圖把尷尬局面當成玩笑。他們進行了有意義的談話，包含大量的「嗯、嗯」、「喔、喔」（跟「嗯」的意思其實一樣）「……什麼?」「沒什麼……」「我知道」（隱含的意思是：我不知道）和「好拔～～～～～」（是「好吧」的同音用語，通常語尾會上揚，而且拖得很長）之類的句子。整個晚上就這樣沒了。

在讓各種重要話題（天氣、工作，英式幽默、看過的電影和讀過的書）具有意義前，戀人要約會很多次。不過，儘管言語被施了魔法，所有該說的話仍會在瑣碎的對話過程中被充分表達，因為戀人還會使用不經意的肢體接觸、沉默和移開視線等語言進行談話。他們會閉著嘴說話，因為嘴裡充滿了極大的秘密。

Язык одежды

衣服的語言

如果說起仙女不知道的語言，好像就是人類發明了某些只有他們自己明白的方言，例如衣服的語言。果布林·維帕烏奇是位很厲害的語言學家，也是風、噴泉和樹枝語言的翻譯家，他花了二十年在石頭花國度研究人類的話語，並將研究成果寫成了好幾部引人入勝的辭典。

我們能從他撰寫的專書《你從我的長版西裝外套裡看到了什麼？》中瞭解到，方框眼鏡和破舊的燈芯絨夾克會「說」出這個人讀過好多沒有插圖的厚重書本。他可能會在一個句子裡使用以下詞彙：「神經肽」、「醫學詮釋學」和「上新馬屬」，但當有

▶ 這是一副特別的眼鏡，透過這副眼鏡看到的所有人都是驢子，所以戴著這種眼鏡的人都非常嚴肅和傲慢。

必要鞭辟入裡地分析古代蘇美人詩歌裡三重否定的例子時，他的幽靈就會現身在那個發光的箱子裡。

我們還知道，白色長袍和掛在脖子上的雙角蛇，代表一個人擁有奇怪的權利：他可以用針扎你，用難以理解的嘟囔嚇唬你，命令你張開嘴巴、伸出舌頭，或根據他自己的好惡執行其他邪惡儀式。

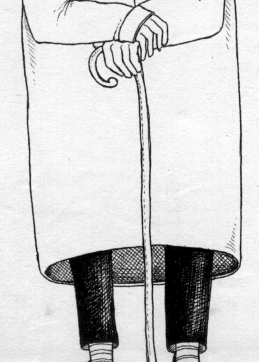

把內褲套在緊身衣外面，是對這身衣物主人所擁有的力量和靈巧的無上致敬。這種內褲似乎在用衣服的語言大喊：「我今天拯救了世界，抵擋了另一個世界突變體的入侵，阻止了最最邪惡的恐怖分子，防止了水痘和腮腺炎的流行。我戰勝了他們，我知道我有多酷！」

或許還會有這種說法：別在燕尾服鈕眼上的帕馬紫羅蘭胸花，和繫著鑽石牽繩的烏龜。這些話可以翻譯成：「高貴的紳士不會為了事務奔波，匆忙行事對貴族來說，很不優雅。」

男孩，給我深深的一吻吧！

SUPER YOYO
MACHO-MUCHACHO
BESAMEMUCHO

FESTINA LENTE
欲速則不達

仙女弗拉別爾加斯塔

蝸牛盃犰狳賽跑項目的賽事人員，
宮廷司酒官和糖果拆封師，
公認的秩序擾亂者和詐騙者。

衣服也可以說是一
種語言，人類用這種語
言告訴別人自己擁有多
少巫師畫像、從事什麼
職業，以及想成為什麼樣
的人。女人——特別是年
輕女孩——掌握衣服語言的技巧更加細緻高超。
就舉《年輕潮女的服裝》的譯本為例，那些經驗不
夠豐富的衣服語言專家只能從中解讀出「快來看，
我好漂亮！」，譯者仙女弗拉別爾加斯塔卻能理解
其中的微言大義。

Я иду на пляж. Я старалась три часа, чтобы одежда, которую можно спрятать за почтовой маркой, выглядела столь же величаво, как тюдоровское платье.

Со мной нельзя познакомиться. Мне нельзя намазать спину кремом. Со мной нельзя встретиться вечером. Мной можно лишь любоваться, как манящей грёзой по ту сторону горизонта.

我正在前往海邊的路上。我奮鬥了三小時,才讓那件用郵票就能遮住的衣服看起來像都鐸王朝時期的禮服一樣氣勢非凡。

你不能和我搭訕,你不能在我背上抹防曬乳。你晚上不能與我約會。只能像看著那天邊的誘人幻境般欣賞我。

Я своеправна, экзотична и полна сюрпризов. Во мне таится сад камней и паломничество к цветущей вишне. Я умею играть на цине и чувствах и однажды на спор сложила 101 хайку о самшитовом бонсае. Меня можно повести на концерт роботов-гитаристов, лекцию о чакрах и на прогулку по лунной дорожке и нельзя — на чай к маме.

我為所欲為，充滿異國風情與意想不到的驚奇。我這裡藏有石造庭園和賞櫻遊記。我會彈古琴，也會玩弄感情。有一次，我在辯論中說出一百零一條有關黃楊木盆栽的俳句[1]。你可以帶我去聽機器人吉他音樂會，去聽脈輪講座，在月光小徑上散步；但不能帶我去找你媽媽喝茶。

[譯注]

1 俳句是日本古典詩歌的一種，由五、七、五，一共十七個字音組成的三行短詩。

Я скармливаю розы
от поклонников
своему китайскому крошку
в полосатом костюмчике.
Моё расположение нельзя
завоевать ни подарками, ни
мадригалами. Но, пожалуйста,
продолжайте пытаться.

我以追求者贈送的玫瑰，
饋養條紋童裝上的中國兔子。
任何禮物與讚美詩，都不能博得我的好感。
但，請你繼續努力。

А что вы думаете по поводу диалектики абсолютного парадокса Кьеркегора? Нет, не читала, но нашла сухой и тайнодлаговон-ный цветок среди пожелтевших листов его назидательных речей.

關於齊克果「絕對悖論」的辯證法，您有什麼想法？沒有，我沒讀過。但我確實從他具啓發性的發黃講稿中，找到一朵乾燥且暗暗生香的花。

我八點鐘會來親你。
如果我遲到，你先開始，
不用等我！

Я иду на вечеринку
в маскарадном костюме
кролика и надеюсь
встретить там волка.

我穿著兔子裝去參加化裝舞會，
希望能在那裡遇到狼。

Обменяю домашнее
задание на свидание.
Мороженое в парке
и кино на заднем
ряду подойдёт.

用約會來交換家庭作業。
在公園裡吃冰淇淋和坐電影院最後一排比較適合我。

在公園裡吃冰淇淋和坐電影院的最後一排？
你根本不用開口，我絕不答應！
但我同意看完遊艇上稀有珍珠收藏品後，
來點海鮮開胃菜。

О мороженом в парке
и кино на заднем ряду
не может быть и речи.
Но на коктейль из море-
продуктов после осмотра
коллекции редких жемчугов
на яхте соглашусь.

Часть 5

СВЯЗИ МЕЖДУ ЧЕЛОВЕЧЕСКИМ МИРОМ И МЕРЦАЮЩЕЙ СТРАНОЙ

第5章 人類世界與瑪爾王國的聯繫

兩個國度各種稀奇古怪的交點，是人類存在的主要證據。

格雷姆普詩意地創造了這個世界，這個世界裡的許多詩韻都是用人類和小矮人聽不到的語言寫成的。這種詩韻無處不在：晝與夜對仗、太陽與月亮對仗、憂傷與高興對仗、瞬間與永恆對仗、吸氣和吐氣對仗、進來與出去對仗！還需要舉更多例子嗎？看看宇宙大鱷背上的花紋，那是黃鸝鳥悲淒夜歌的音符。

而在瑪爾王國與石頭森林之中也存在不少詩韻一事，自然不足為奇。這些詩韻當中有些是機智詼諧的，有些則是神祕難解的，但大多數都沒有什麼意義。不過格雷姆普可是玩笑之神，舉個大家都知道的例子：每當索福尼茲巴女神在「離奇無極限公園」騎自行車時，人類世界基輔科學大街 4 號的 179 公寓中，孩子房間裡的書櫃就會移動！

兩個世界間就由這種聯繫結成了一整張像蜘蛛網路般薄薄的邊界。只有去過人類世界的瑪爾王國居民才看得見這些細線，而其他居民只會認為這些都是毫無根據的小故事。實際上，它們代表的都是非常重要的事，包括從夜幕降臨到地方官加冕。在這一章裡，我描寫了我與瑪爾王國著名居民的會面，他們的聲譽是這些故事真實性的最佳擔保。

薇羅妮卡

星宿女神，漫遊繆思女神，
欲望的女主人，詩人靈魂
表演晚會的主辦者。

О волосах Вероники, белом слоне и тумане

關於薇羅妮卡的頭髮、白象和霧

在星宿女神薇羅妮卡的月亮宮殿裡

今天是我們最喜愛的節日之一——薇羅妮卡髮絲紀念日遊行大會，將榮耀歸於她！這一天，她會從星空中走下來梳理頭髮，好讓星座不糾纏成一團，航海者不至於迷航。每根從她頭上落下的髮絲都是特別的禮物，都能實現願望。

街道上站滿成群興高采烈的仙女和小精靈，他們都希望能得到一根落下的髮絲。所有的視線都向上凝視著薇羅妮卡，她莊嚴地坐在白色巨象上，侍女搖著好幾把散發獨特香氣的扇子。她的髮絲飄揚著，散落在有著莊嚴宮殿和精緻噴泉的各個城市裡，散落於在夜晚開花的巨大花莖上跳舞的天堂鳥身上，散落在飄蕩於月光波浪間的金色船隻上，散落到在藏有豐厚寶藏的珊瑚箱子裡酣睡的龍身上……箱子裡可是應有盡有！

大家都還記得薇羅妮卡從大象身上墜落的事。那時，當她快跌到地面時，就在眾目睽睽下消失了幾分鐘！從那時起，她的頭髮裡開始掉出各種奇怪又沒有用的禮物，比如「鑽石戒指」和「瑪麗雅·斯捷潘諾娃之心」。

請問，如果仙女誕生時，手指上就戴滿無比珍貴而且會歌唱的祖母綠、會寫詩的蛋白石，和唱著令人驚奇的美人魚之歌的海藍寶，誰還會想要鑽石戒指？不過要得到瑪麗雅·斯捷潘諾娃的心是什麼不祥的願望啊？關於這點我完全不明白……

「親愛的克哈夫特博士，正如你所猜測的那樣，我落入了人類世界，一待就是幾個人類年。」有天傍晚，薇羅妮卡在星空宮殿的一間密室裡這樣對我說。那裡所有的房間都是密室：只要瑪爾王國的居民睡著，每個房間都會彌漫著他們昏沉的夢和光明的願望。我們舒適地坐在蟊斯腿製成的小沙發上，侍女以隕石托盤送來裝在老鼠膝蓋骨做成的漂亮杯子中的美味毒蘑菇汁。薇羅妮卡繼續說道：

「周圍全是白色的，我彷彿浸泡在以牛奶編織的空氣之中。某些像珍貴壁飾的地方閃爍著燈光。為了分辨出樹木和房屋的輪廓，我只能靠得再近一點，向前伸著雙手，以免在這團無形棉花中撞到什麼。人類認為這是霧，是『水在空氣中的凝結物』或類似的東西。這個魔咒的意義我無從得知，但我會告訴你接下來發生什麼事。

「我在籠罩於霧中的石頭花、燈光和樹木之間徘徊了很久，對陌生的輪廓驚奇不已。漸漸地，遠方出現一雙發光的眼睛，眼睛慢慢地愈來愈大，然後一隻大得嚇人的鐵甲蟲沿著道路從我身邊呼嘯而過。一開始這些傢伙快把我嚇死了！你知道嗎，人就坐在這種怪東西的肚子裡，從一個地方移動到另一個地方？我住在石頭森林的三個人類年裡，一次也沒鑽進這醜陋的鐵甲蟲肚子裡！

「過了一會兒，燈光更亮了，輪廓開始變得清晰，霧漸漸散去，就像有誰為這座城市掀開了白色罩子。而我看見一頭白色巨象在白色海市蜃樓中輕輕地搖晃著離去。牠變得愈來愈模糊，然後再重新聚合起來，像是用一團團白色煙霧做成似的。那些以精緻手工製成、用來裝飾大象布罩上閃亮的蛋白石，變成了一串串的路燈。我從尾巴上的流蘇認出牠　　早上我才親自為牠裝飾上秋牡丹花。那是我的大象。

「我保留了許多對人類世界的奇妙回憶。從那天開始，每逢薇羅妮卡髮絲紀念日，我就想起我的白象踏過之處，會在人類世界裡揚起霧氣。」

仙女莉欽尼婭

袖珍畫藝術家，
喜悅口袋和捕捉美麗瞬間之網的
擁有者。

Тайна похищенных полотен Лицинии

莉欽尼婭被偷的亞麻畫布的秘密

在格利傑別爾·弗柳布林內[1]家作客

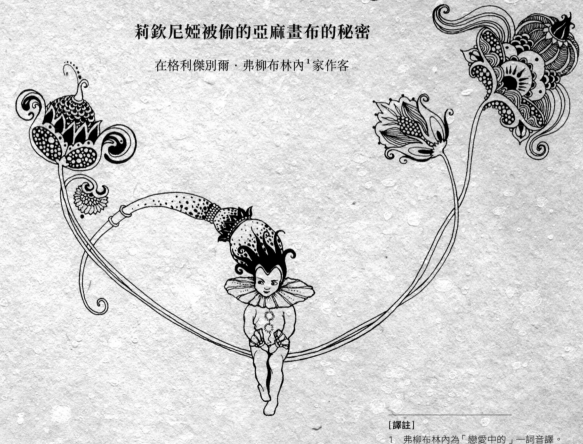

[譯註]
1　弗柳布林內為「戀愛中的」一詞音譯。

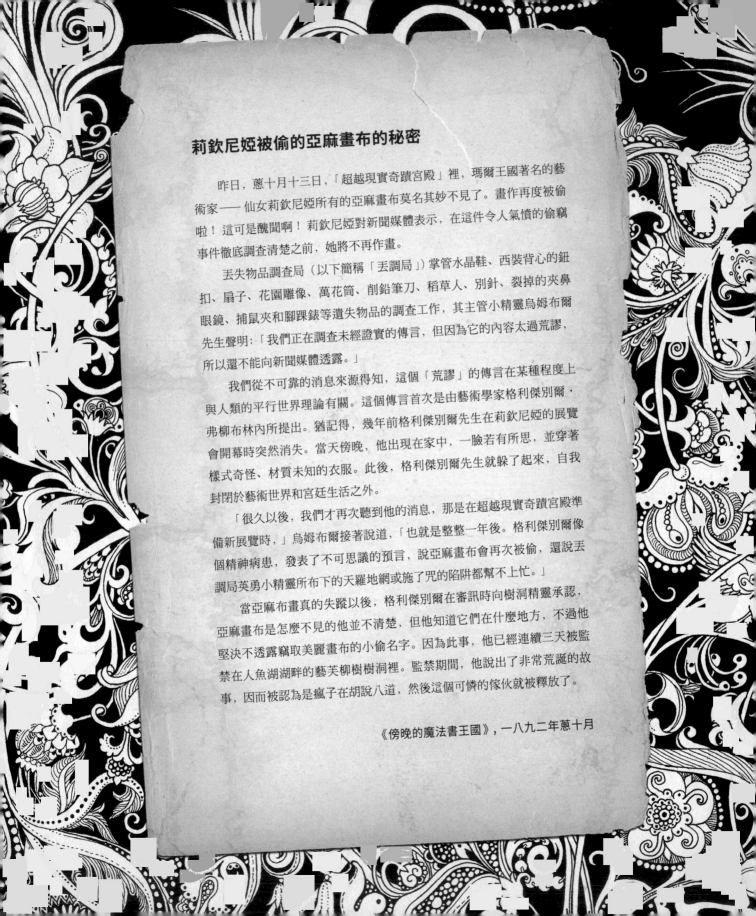

莉欽尼婭被偷的亞麻畫布的秘密

昨日，蔥十月十三日，「超越現實奇蹟宮殿」裡，瑪爾王國著名的藝術家——仙女莉欽尼婭所有的亞麻畫布莫名其妙不見了。畫作再度被偷啦！這可是醜聞啊！莉欽尼婭對新聞媒體表示，在這件令人氣憤的偷竊事件徹底調查清楚之前，她將不再作畫。

丟失物品調查局（以下簡稱「丟調局」）掌管水晶鞋、西裝背心的鈕扣、扇子、花園雕像、萬花筒、削鉛筆刀、稻草人、別針、裂掉的夾鼻眼鏡、捕鼠夾和腳踝錶等遺失物品的調查工作，其主管小精靈烏姆布爾先生聲明：「我們正在調查未經證實的傳言，但因為它的內容太過荒謬，所以還不能向新聞媒體透露。」

我們從不可靠的消息來源得知，這個「荒謬」的傳言在某種程度上與人類的平行世界理論有關。這個傳言首次是由藝術學家格利傑別爾・弗柳布林內所提出。猶記得，幾年前格利傑別爾先生在莉欽尼婭的展覽會開幕時突然消失。當天傍晚，他出現在家中，一臉若有所思，並穿著樣式奇怪、材質未知的衣服。此後，格利傑別爾先生就躲了起來，自我封閉於藝術世界和宮廷生活之外。

「很久以後，我們才再次聽到他的消息，那是在超越現實奇蹟宮殿準備新展覽時，」烏姆布爾接著說道，「也就是整整一年後。格利傑別爾像個精神病患，發表了不可思議的預言，說亞麻畫布會再次被偷，還說丟調局英勇小精靈所布下的天羅地網或施了咒的陷阱都幫不上忙。」

當亞麻布畫真的失蹤以後，格利傑別爾在審訊時向樹洞精靈承認，亞麻畫布是怎麼不見的他並不清楚，但他知道它們在什麼地方，不過他堅決不透露竊取美麗畫布的小偷名字。因為此事，他已經連續三天被監禁在人魚湖湖畔的藝芙柳樹樹洞裡。監禁期間，他說出了非常荒誕的故事，因而被認為是瘋子在胡說八道，然後這個可憐的傢伙就被釋放了。

《傍晚的魔法書王國》，一八九二年蔥十月

有一天，大概在暗十二月初，繁盛的花朵和稀疏的青草有感嚴冬的腳步逼近而一片悄然無聲，彷彿正在設想如何在消失之前記住現在的位置，以等待下一個春天來臨。在這種日子，沒有什麼事會比走過金色燦爛的謐靜森林，找個老朋友喝杯茶配蒲公英甜酒和打聽秘密來得更美好。

我穿著最優雅的背心，戴上又大又酷的眼鏡，以便配合我身處的奢華環境。我再次欣賞格利傑別爾那名聞遐邇的住所，四周牆上掛著用蜘蛛絲織成、鑲嵌著露珠的掛毯，以及用花瓣、花粉和彩色樹葉繪製的圖畫。鋪有各色苔蘚的地板上，陳設著用纖細的甲蟲腳做成的精緻傢俱。每個牆角擺放著用松脂做成的花瓶，裡頭插滿各種華麗的垃圾：彩虹的碎片、雲母石小碟子的碎片、寶石已脫落的古老戒指、堅果的硬殼、五顏六色的羽毛……

我抵達後，挺驚訝地發現這些珍貴的藝術傑作被堆放在滿是塵土的角落裡。格利傑別爾那個曾經別緻的客廳，現在看上去好像有四十位失明的哥布林人在這裡進行過一場蝸牛大戰！傢俱倒置或釘在天花板上；精細的馬賽克藝術品被粗暴地塗塗畫畫，好像往上面投擲了各種顏料；家裡到處掛著枯萎的樹葉，攤著一團團泥沙；一面牆上全是釘子，釘著各種鳥類的顱骨。

格利傑別爾正在閣樓上忙著，上頭傳來一陣震耳欲聾的轟隆聲。他朝我大喊了一聲，要我把這裡當成自己家。我再次感到驚訝，這完全不像我認識的格利傑別爾，他可是一位拘謹自持的唯美主義者，平日招待客人時，彷彿都有上百名手藝嫻熟的仙女替他打扮、準備餐點。

我摘下帽子，找不到地方可放，只好掛在一根鳥頭釘子上。嘈雜的閣樓很快就平靜下來，格利傑別爾下樓了。不同於從前一身花邊襟飾、錦緞西裝背心和有著精緻刺繡的燈籠褲的招牌裝束，他穿著一塊褪色的破布，上面開了幾個洞，好讓腦袋和兩隻手能伸出來。那塊破布上畫著一個頭戴鋸齒狀皇冠、手拿火炬的綠色女山妖。格利傑別爾還穿了一條古怪的天藍色長褲，膝蓋處磨破了幾個洞。

他拿著一個細鐵條做成的奇怪東西，像是瘦長的籃子，但沒有把手，更像是個巨大的杯子，但不能往裡面倒任何東西。格利傑別爾把最後一根鐵條編到外圈裡，然後用審視的眼光看著那個「籃子」。

「你看！」他用讚美的口氣說，「做好了！」

我禮貌性地跟他一起感到高興。

「我的收藏品中的新傑作！是不是讓你很震撼！它將令你和整個藝術世界，還有整個樹洞精靈王國都為之震驚。」格利傑別爾古怪地環顧四周，突然呆住了，「這是怎樣，你怎麼把帽子掛在我的《第二十三號作品》上！」

「是嗎？」我嚇了一跳，好像今天就是要讓我驚嚇連連的日子。

「你根本就落伍了！」格利傑別爾突然發起脾氣，「你這小小的庸俗習氣會把你蒙蔽的！」

為防萬一，我悄悄地摸了摸掛鏈上和口袋裡的所有小東西：鑰匙、菸斗、胸針、鼻菸壺、晒乾的豌豆莢、護身符、鵝毛筆、信件、手杖、哨子……為什麼他認為我「漏五」了？我從「作品」上摘下帽子，規矩地把它放在一堆樹葉上。格利傑別爾用力搗住臉，透過張得不能再開的五指瞪視著我。

「野蠻人！」

「這不過是一堆樹葉，」我怯懦地說。

「一堆樹葉……」他癟了一下嘴，讓我感到嘴裡有股綠醋栗的味道，於是我也癟了一下嘴。

「要是在大街上，這的確是一堆樹葉，但它們一旦進了藝術殿堂，」格利傑別爾的目光掃了一下混亂的四周，「這就叫做《黃色交響樂》的裝置藝術！你……你已經沒有能力辨別藝術了，即便它就在你腳邊！」

我急忙抓起帽子，困窘地把它緊貼在身上。就這樣，我們面對面站了好一會兒，我把帽子貼在胸口，而他則把籃子抱在胸前。

「你是想說，所有這一切，」我也環顧了一下四周，「是藝術？」

「是！」格利傑別爾大聲說。

「這都是些什麼呀？」我用帽子指著牆上帶有鏽斑的骯髒塗鴉。

「這是抽象派藝術《霧中的鴛鴦》！」

「那這個呢？」我指著釘在牆上、折斷了腳的桌子，桌面灑滿了黑色顏料，點綴著許多破碎的夾鼻眼鏡。

「這是否定至上主義[1]風格的構圖！」

「了解。」我撒謊道（其實我什麼都不了解），「那這又是什麼？」我對一塊天花板特別感興趣，上面掛著好多圓滾滾的蟾蜍乾風鈴。

格利傑別爾走近牆邊的螢火蟲燈，伸手取出螢火蟲，小心翼翼地把它放在蟾蜍之間。小螢火蟲飛舞，碰撞著蟾蜍圓滾滾的粗糙身體，蟾蜍因此轉動了起來，在牆上形成奇特的影子，發出神秘的沙沙聲和細微的鈴聲。

[譯注]
1　至上主義或譯作「絕對主義」，為前衛主義藝術流派之一，強調藝術不為任何人服務的純粹性。以馬列維奇為重要代表。

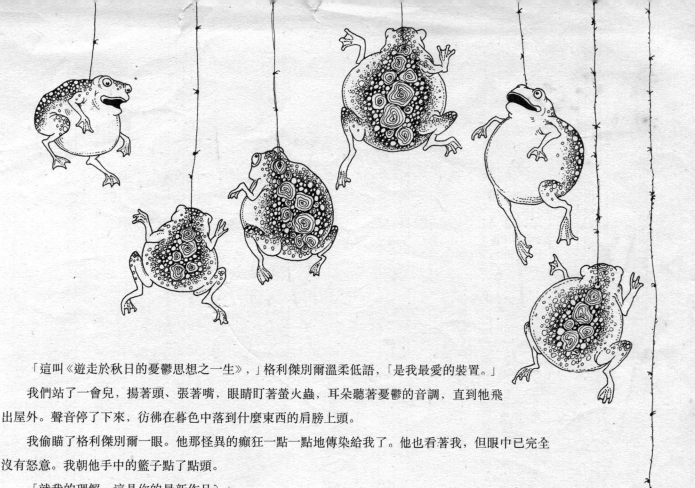

「這叫《遊走於秋日的憂鬱思想之一生》，」格利傑別爾溫柔低語，「是我最愛的裝置。」

我們站了一會兒，揚著頭、張著嘴，眼睛盯著螢火蟲，耳朵聽著憂鬱的音調，直到牠飛出屋外。聲音停了下來，彷彿在暮色中落到什麼東西的肩膀上頭。

我偷瞄了格利傑別爾一眼。他那怪異的癲狂一點一點地傳染給我了。他也看著我，但眼中已完全沒有怒意。我朝他手中的籃子點了點頭。

「就我的理解，這是你的最新作品？」

「是的，這是《無題第五號項目》。」

「啊！」

格利傑別爾激動地打量著《項目》。

「它生動地反映出都市冷漠的存在主義式憂慮，充滿了後達達主義式的指涉，是康德學派的『物自體』在現代藝術中最優雅的化身之一。」

我驚訝地瞪大眼睛並靠著《第二十三號裝置作品》，以免因為驚訝而摔倒。

「我必須承認我並不理解……」我開始說話，慎重地扶了一下眼鏡，重新端起優雅鑑賞家的姿態。

「根本沒有什麼需要理解的！你用不著在我的話裡找意義，我親愛的克哈夫特。它們本身就是儀式咒語，可以把一個垃圾桶，」他搖了一下《無題第五號項目》，「變成藝術品，就像仙女施展美妙咒語把秋天的樹葉變成金子一樣。你相不相信人類那裡有多少魔法師在努力研究這類咒語。我花了好多年才學會這個本事。」

「你學得很成功呀！」我樂了起來，談話終於進入我感興趣的話題，「我知道，我知道，你在人類世界待過！也就是展覽會開幕那時你失蹤了⋯⋯跟我說說這件事吧！」

「這、這⋯⋯」他瞇起眼睛看了我一眼，然後拿過那頂我緊抓在手的倒楣帽子，最終還是把它掛上那鳥頭釘子，「對你的話，應該是可以說一說。要喝杯茶嗎？」

在格利傑別爾沏茶並拿出裝玫瑰和蒲公英果醬的瓶子時（茶具和果醬瓶都是按新普普蒸汽準超現實主義風格做成的藝術品），我聽著他娓娓道來。

具有魔法的
安哥拉羊毛帽！

展覽會開幕那天，我跟平常一樣，第一個穿過繫著紅色緞帶的牆，但我被那些緞帶纏住了，而且狠狠地撞了一下。當我回過神來，才發現自己在一個寬敞的大廳裡，整個大廳空空蕩蕩，只有一座非常逼真的老太婆雕像。老太婆雕像跟有關人類傳說中的老太太絲毫不差：穿著有鈕扣的上衣、長裙，戴著神奇的安哥拉羊毛帽，鼻子上架著一副眼鏡。神話般的老太太坐在一把小椅子上打盹，頭頂上方有個寫著「現代藝術廳」的牌子。

後來，我才知道這地方叫「博物館」，人類會把他們自己的藝術品保存在這裡。過了一段時間，我竟然在這裡找到工作。

人類的作品和我們的完全不一樣。身為藝術學家的我太興奮啦！說實話，這座現代藝術博物館簡直是個神奇的地方，它借助特別的催眠術，能把非常枯燥的東西變成傑作！比如說，你看看這個（他再次拿起籃子）。在大街上，沒有人會注意這個鏽跡斑斑的垃圾桶，但如果把它帶到這個「神奇藝廊」，它就變成了《無題第五號項目》，就能「生動地反映存在的憂慮」……（緊接著是一連串儀式性的咒語）

這是我在人類世界中最驚訝的發現……不，不對！最令我震驚的，可能是戴著神奇安哥拉羊毛帽的老太太竟然是活人！我甚至寫了一篇文章——《戴著安哥拉羊毛帽睡著的老太婆作為現代藝術裝置》。

還有一件讓我印象極深刻的事——說真的，來自丟調局的小精靈根本就不想聽。但就算他們相信我，又能如何呢？

這件事發生在一個冬日早晨，人類世界的地面上悄然地積了好多從我們天上櫻花吹落的花瓣，屋頂、樹木和鐵甲蟲都蓋上了厚厚一層，像白毯一樣。我想透過窗戶觀看景色，但我並沒有看到透明的窗玻璃，而是在窗戶上發現仙女莉欽尼婭的畫，我真是太驚訝了！玻璃上以非常細膩的白色線條畫出了我很熟悉的瑪爾王國風景——有蝴蝶翅膀蓋成的寶塔、芳香的曼陀羅花，以及與白色孔雀載歌載舞的美麗女神們。

我花了一整天審視房子的窗戶、商店的櫥窗、閣樓的小窗，在每個地方都發現了一部分的亞麻畫布，也就是每年在超越現實奇蹟宮殿中失蹤的那塊亞麻畫布！

這下我弄明白啦，每當莉欽尼婭令人驚歎不已的畫在我們這裡失蹤時，第二天就會以神秘難解的方式，出現在人類世界的窗戶上。

莉欽尼婭

仙女埃列凡吉娜

鈕扣和鉤子大師，製帽女工匠，
算命師和解夢人，
根據樹葉響聲和老鼠膝蓋骨杯
杯底的毒蘑菇渣來占卜的高手。

Ночь
~~(сказка)~~
~~(правда)~~
(пусть остаётся сказкой)

夜

〈童話〉

〈真實故事〉

（就當是童話吧）

在仙女埃列凡吉娜的帽子詩展覽會上

參考資料

　　仙女埃列凡吉娜落入石頭花國度是在人類曆的二十世紀初，她在那裡度過了二十七個人類年。

　　她在巡迴馬戲團裡找到占卜師的工作，學會了卡片占卜術、水晶球預言術和通靈術。埃列凡吉娜的預言在人類世界並不成功，因為對我們而言顯而易見的事，對人類來說卻是荒謬至極：「如果你在美人魚墳前獻上天鵝湖的劍蘭，走過十個月亮，在那邊柳樹的樹枝上捉到白龍，你的願望就能實現。你得小心拉姆普利，因為他身後有用雪花石膏製成的器皿。」看看，這有什麼不明白的？不過這類的預言總是令人類覺得莫名其妙。

　　但埃列凡吉娜還是很出名，沒有一個馬戲團的海報上沒有她……的帽子！她神奇的帽子和侏儒小象成了當時許多諷刺漫畫和笑話的主角。

　　返回瑪爾王國後，原本默默無名的埃列凡吉娜很快就因自己的……詩作而變得出名。她非常熟悉時尚語言，以至於從人類世界返回後便開始用帽子作詩。更後來，她在自己的百香果塔裡舉行了令人驚豔的賞詩晚會。被邀請的仙女小姐們頭上戴著帽子詩，以較為適合朗誦的姿勢靜止不動。賓客在大廳裡邊走邊逛，欣賞哀詩帽子、夜曲帽子、打油詩帽子、俳句帽子，一會兒哭，一會兒笑，大家都讚賞埃列凡吉娜的詩歌天賦。

　　有天傍晚，帽子詩展覽會結束後，我們與埃列凡吉娜一起在百香果塔裡欣賞日落，玩著「信與不信」的遊戲，贏家可以獲得糖果。

　　「人類是存在的！」我說。

　　「信。」埃列凡吉娜很平靜地回答。

　　這是我們美好友誼的開端。埃列法吉娜向我講述了很多她在人類世界裡當數字占卜師時不可思議的故事。徵得她的同意，我在這裡轉述一段我們最不可思議的談話，是關於「夜是從哪裡來的」。應埃列法吉娜的請求，我先用由她編寫的帽子詩講一個故事。

《凍僵的倒掛金鐘花》

《愛情讚歌》

《小悲劇》

（諧擬人類時尚）

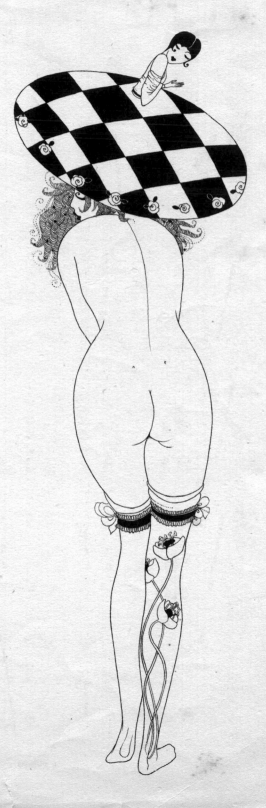

Рассказ Элефантины

埃列凡吉娜的故事

人們對奇蹟的理解很奇怪。當小鳥消失後又重新出現在籠子裡時，他們發自內心地感到驚訝。他們看待中國巨人和巴黎侏儒的眼光，就好像這些人是超自然現象。在他們眼中，在自行車上表演特技的小猴子、耍鋼球的雜技演員和非洲陰陽人都是不可思議的。在馬戲團裡，人們屏氣凝神，瞇著眼睛觀看無臂書法家寫書法、侏儒雜技演員表演吞劍，和能在兩分鐘內爬進一個一公升罐子的人，與他們在我的帳篷裡所表現的反應截然不同。舉個例子，他們認為夜晚的到來稀鬆平常，因為這是每天太陽下山後必定發生的事。

對人類來說，「夜晚不會降臨」不是什麼不被允許的觀點，而是腦子裡絕對不可能出現的想法。對於那些讓夜幕降臨的奇聞怪事，人類只會當作童話、幻想，但他們卻真心相信那隻會讀心術的中國小豬！

在與走鋼索雜技演員尚的交談中，我了解到一件事，那就是人們認為日夜交替是無可避免的。他一直向我示好：一會兒約我在架設於鱷魚養殖場上空的鋼索上騎自行車，一會兒送我一大把日本花道的插花——我那頭侏儒小象喜歡這個。

某天晚上，我在喝波特酒時一邊誇讚他的表演，並將他與小矮人特奧多羅相提並論！唉，可惜他聽不出這是恭維。你能想像嗎？他根本就不知道特奧多羅是誰！我深深地沉緬於對這位偉大芭蕾舞編導的回憶之中，此外也順口提起了——即使特奧多羅已經離開了大舞臺，他仍像過去一樣，每天傍晚都會在第一道月光升起時跳一支舞，做出各種酷炫的旋轉動作、舞步和空翻，直到他帽子上長長的孔雀羽毛把宇宙大鱷弄醒為止。我必須承認，這是出自我手中最好的一頂帽子，雖然當初得跑到世界的盡頭，到巴拉斯國度去——只有那裡的孔雀有著和朝聖者凝視噴泉思考的過程一樣長的羽毛。

我被酒和回憶搞得昏昏欲睡，沒發現尚在心慌意亂中安靜了下來。不知道要說什麼讓自己看起來不愚昧、可笑的時候，人們就會默不作聲（不知為什麼，給人嚴肅的印象對人類來說很重要）。

我繼續說著故事：鱷魚被癢醒之後，馬上就感到饑餓。於是牠張嘴吞下太陽，整個世界便陷入黑暗之中。臨近早晨，小矮人特奧多羅會再次爬到月亮的光束上翻起華麗的觔斗，直到帽子上的羽毛碰觸到宇宙大鱷的鼻子為止。此時鱷魚會張開大嘴，但還沒打噴嚏。在這一瞬間，太陽便從鱷魚的嘴裡滾出來，世界就此

大放光明。

　　我甚至回憶起特奧多羅失去演出興趣的那段悲傷時期。我們這位大師到處尋找「興趣」：草地上、蘑菇蕈傘下、鼴鼠窩和樹椿裡，希望興趣只是在他跳舞時掉出了口袋。這段期間，黑夜變得很罕見，就像與髯子女約會一樣……

　　此時，我終於發現尚正盯著我瞧，似乎想看透我那瘋狂的天性。當他笑著說我是「有魅力的幻想家」時，我問他該不會像古人一樣，認為黑夜每次都是從罐子裡被倒出來的吧！他不喜歡這個突如其來的提問而變得悶悶不樂，開口說話時，小心翼翼地選擇用詞，就像貓咪行走在滑溜的磁磚上一樣。

　　人們通常會用很寬容的語氣，和對世界有著根深蒂固的幼稚想法的怪人說話，尚儂說出一些荒誕無稽的話，像是：黑夜自古以來就跟在白天後頭，從前如此，未來也是一樣，根本不需要什麼鱷魚、孔雀羽毛和罐子。因為地球繞著太陽打轉，一會兒是這面向著太陽，一會兒是那面，就像陀螺一樣。他甚至還畫給我看，並堅持要我相信所有人都是這麼想。那幅畫至今我還保存著。

　　當我興味盎然地看著那幅有著好多球體和圓弧箭號的字謎畫，埃列凡吉娜習慣性地看了自己的茶杯底部一眼。

　　「你有沒有發現，過去夜晚很快就來臨，而現在傍晚卻變得很長，也過得很慢，就像某些蘭花的顏色變化一樣？」埃列凡吉娜停頓片刻後問道，但沒等我回答，又接著說，「我花了很多時間思考這件事。那片雲有讓你想起什麼嗎？」她朝窗外點了點頭。

　　「用後腳站立的老鼠。」我回答道。

　　「沒錯。現在這隻老鼠經常出現在傍晚的天空，時而在雲彩裡，時而在雨燕飛行的路徑裡，時而被人用樹枝精心畫在天空上。這隻老鼠我認識，我們很熟……她是約瑟芬，是我們馬戲團的明星，是知名的老鼠二重唱歌手！根據演出內容，他們能扮演拿破崙與約瑟芬、皮埃羅和科隆比納、羅密歐和茱麗葉。

我為他們縫製過演出服裝和帽子。

「你知道我酷愛甜食嗎？每次睡覺前，我都會混入更衣室，把『樹膠』雙胞胎雜技演員的崇拜者送給他們的糖果盒搜刮一空。想像一下、每天夜晚的同一時間，角落裡傳來沙沙聲響，約瑟芬就會從魔術師的帽子裡爬出來！我們會說拿破崙和尚的壞話、聊起彼此的童年和夢想，還有神祕的科學，讓彼此的夜晚——也就是仙女和野獸都變得聰明和孤獨的時刻——變得更加美好。

「後來，靠著老鼠足跡的占卜和參考星曆表，我有了驚人的發現！你知道嗎？我想，小矮人特奧多羅終究不可能找回他對美妙舞蹈丟失的興趣。

「我認為，世界想出了另一個辦法為我們帶來黑夜：就是把夜濃縮成魔術師帽子裡的黑墨水，正是每天夜裡被約瑟芬弄翻的那頂。然後，夜會一點一滴地沿著格雷姆普那任性、曲折的夢境流淌；夜會一點一滴地從神靈在睡夢中微微顫抖的睫毛上落下，直接降臨在瑪爾王國閃光大地的廣闊天空中，直到黃昏轉為濃濃的黑幕。」

Эпилог

尾聲

我想以論文《閃光面具》中的引言做為本書的結尾。論文並沒有被保存下來。但荊棘和玫瑰勳章的螢火蟲透過凋零蒲公英的死語，將它一代又一代地口頭傳頌至今。

我得提一下，荊棘和玫瑰勳章的螢火蟲認為，嚴格來說，我們的世界之所以存在，是因為人類將它想像出來。他們褻瀆神學說的本質——什麼都聽得到的格雷姆普會原諒我的——在於，人類是世界的創造者。按照光照派螢火蟲的觀點，人類不僅創造了我們所見的世界，而且每時每刻都在持續創造中：

「瑪爾王國的居民不相信人類的存在，只是因為人類無法被看到、聽到和與之接觸……但即便人類世界之於我們是隱而不顯的，也不代表它不存在。我們的整個世界就是人類思維的形貌。人是起因，我們的世界則是結果。重點是要理解，我們所熟知的宇宙的每一處細節，都脫胎於某個人類腦中想法的再現。哪怕是這些細節中最微渺的粒子，也都是由某個人想像出來的。這種創造世界的過程一刻也不會停止，因為人類分分秒秒都在創造我們的宇宙。瑪爾王國之所以閃閃發光，因為它乃是人類轉瞬即逝的幻想的具體呈現。」

（本文為仙女拉多娜譯自凋零蒲公英的死語）

仙女拉多娜

誰若讀了三遍註解，
誰就會沉睡一百年。

Кто прочтёт
примечания
три раза
тот заснёт
на сто лет

Примечания и благодарности

注釋與致謝

本書部分引用網路圖書館的圖片：

第 19 頁的解剖圖引用自美國國家醫學圖書館（Dream Anatomy at the National Library of Medicine）。http://www.nlm.nih.gov/dreamanatomy/

第 24、32、54、56、58、60、62、84、94、96-98 頁各種花朵的圖片引用自密蘇里植物學圖書館（Missouri Botanical Garden Library）。http://www.mobot.org

第 51 頁插圖引用自 Emblem Project Utrecht。http://emblems.let.uu.nl

第 125 頁各種物品圖片引用自海德堡大學圖書館（Universitätsbibliothek Heidelberg）。http://www.ub.uni-heidelberg.de

感謝各圖書館允許我在書中使用上述圖片，感謝他們無價的辛勞。

感謝葉卡捷琳娜·沙普羅娃（Екатерина Шапурова）和奧莉加·海爾加莉斯（Ольга Фелгалис）的幫助。她們在第一時間閱讀本書文稿並幫忙修改，使其更富生命力。

感謝娜塔莎·班卡（Наташа Банке），她給予此書極大的信任，幫忙尋找出版商，在該書一波三折的出版過程中一直給予關注。

衷心感謝我的編輯亞歷山大·日卡林采夫（Александр Жикаренцев），他使本書更形美好，讓我更顯聰明、有學問。

感謝我的孩子阿廖沙（Алеша）、利蘭娜（Лирана）和亞當（Адам），他們鍛鍊了我對故事與童話的構想能力。

最後，感謝我的丈夫米沙（Миша）以及父母維嘉（Витя）和拉婭（Рая），他們在我寫書和繪圖期間照顧孩子，在各方面支持我，相信我會成功。

右排書名由上到下分別是：
《關於蒲公英棉絮的奇遇》《世界暴君史》《夢境之書》；《英國小丑》卷23；《托比的生活與歷險：訓練有素的小豬，牠的性格與習性》，1928年；阿塔納修斯·基歇爾著，《地底世界》；《動物學密碼》《編織工藝，或如何編織土星環》《毒藥史》《海牙論辯甲蟲與螢火蟲的氣體動力學》《無用的法輪》；《論口哨藝術》第三冊；《九至十三世紀暴雨史》《優秀做夢者、巨人、大力士、魔法師、水女神、母猴、夢想家、長老簡史》《與神奇烏龜會談記錄》。